读悟天下

薛保勤诗歌选
XUEBAOQINSHIGEXUAN

人民文学出版社

图书在版编目(CIP)数据

读悟天下:薛保勤诗歌选 / 薛保勤著.—北京:人民文学出版社,2016
ISBN 978-7-02-011556-3

Ⅰ.①读… Ⅱ.①薛… Ⅲ.①诗集—中国—当代 Ⅳ.①I227

中国版本图书馆CIP数据核字(2016)第075537号

责任编辑　胡文骏
责任印制　王景林

出版发行　人民文学出版社
社　　址　北京市朝内大街166号
邮政编码　100705
网　　址　http://www.rw-cn.com

印　　刷　三河市鑫金马印装有限公司
经　　销　全国新华书店等

字　　数　125千字
开　　本　640毫米×960毫米　1/16
印　　张　26　插页1
印　　数　1—3000
版　　次　2016年7月北京第1版
印　　次　2016年7月第1次印刷

书　　号　978-7-02-011556-3
定　　价　48.00元

如有印装质量问题,请与本社图书销售中心调换。电话:01065233595

保勤的诗

序

贾平凹

保勤的诗选《读悟天下》要出版了，让我作序。我和他是老校友、老相识，自是义不容辞。保勤是一名公务员，有大量的社会管理工作要做，偶有闲暇，便利用"时间的碎片"审视芸芸众生，这倒让我想起了李贺装满灵感的小布袋。

保勤这些年在《人民文学》《诗刊》《人民日报》《光明日报》等报刊上发表了大量诗作，出版多部诗集，还斩获柳青文学奖的桂冠，但他是一个低调的人，只笑言自己是"文学爱好者和习作者"。我们知道，为人的低调并不意味着他的作品没有质量，我们的干部中应该有这样的"文学爱好者和习作者"。历史上，我们的文化传统中有很多的大作家、大诗人，他们都是公务员。

我很喜欢《读悟天下》这个名字，诗歌就是应该上接天，下接地，探悟宇宙实底，折射自然本真，聚焦人间百态，抱有赤子之心。我读了这本书，谈谈我的感受。

保勤是七七级中文系大学生。那是一个百废待兴的时代，有着兼容并包的精神。看保勤的作品，里面有西方的，也有东方的，有传统的，也有现代的，更多的是融会贯通后的自成风流。他紧扣历史和当下，深入事物本质，挖掘人性深处的火与光，进行现代诗的创新，使诗歌内在的韵律、节奏和外在形式的字、行、句的结构等有了融合与统一，具有浓郁的诗情画意，境由心生，意从情出，成就作品中吸纳百川、汪洋肆意的美丽风景。

保勤对于人生，一直怀有一种不可言说的温爱。他始终保存着自我的性灵与骨气，对世间的善恶是非有着明晰的判断。他发现生活、感悟生活、提炼生活，又不为生活所羁，用诗意的情怀给予生活以审美的观照和表现，赋予作品以真善美的艺术底色。他是一位激情饱满的歌者，一位真性情的诗人，也是一位敢于直言的智者。

保勤的作品贴近人本，聚焦灵魂。他关注底层、关注民间，写尽了人性的复杂多样、人情的冷暖疏亲、人格的美丑尊卑；他用文学的方式思考、探讨着诸如人生、爱、理想等人类永恒的哲学命题，为心灵保留一个自由的空间、一种内在的从容和悠闲。保勤的诗作读来如至友对谈，推诚相与，或剖析至理，参透妙谛，或评论人世，谈言微中，读之触怀，意会神游。

保勤的诗歌创作有着闻一多、徐志摩新诗创作中追求新韵律、新节奏、新格律的自觉。他的诗歌晓畅易懂、朗朗上口，一经捧读，便回肠荡气、和声四起。

他的作品充分考虑了诗歌爱好者的吟诵需求，充满着生命力和感染力，使诗歌的功能实现得更加充分。他的《送你一个长安》作为世界园艺博览会的主题曲被广泛传唱，同时，他的同名诗作在《人民日报》发表，被诸多报刊转载，与他的《青春的备忘》《将军，你不要流泪》《大爱无垠》等成为众多朗诵爱好者的诵读样本。在诗歌朗诵传统逐渐消失的今天，这样的创作实属难得。

2015.12.18

代自序

致我的诗歌兄弟

薛保勤

《读悟天下》要出版了。借此,以诗的自言自语表达对诗的感觉,对诗的神往,对诗的认知,对诗的理想……

童年 你是光环
送我多少懵懵懂懂的神秘
少年 你是灯塔
给我多少经天纬地的勇气
青年 你是导师

给我文艺 让我文明 教我寻觅

曾经
是朋友是知音是兄弟
夜静更深窃窃私语给我慰藉
于是 我心动 我心仪

不知道从哪一天起
我看不清你
谈吐生涩 神情凄迷
意境游走 意向游离
不知所云 找不到期许
疏远 疑惑 我可惜

不知道从哪一天起
我听不懂你
孤芳自赏 哼哼唧唧
天上地下 云里雾里
找不到思想没了情趣
纳闷 难过 我质疑

不知道从哪一天起
我怕见你
信口开河 不知所云

没有我们　只有自己
不知所向　找不到谜底
惊讶　伤感　我别离

你绝尘而走
我望尘莫及
哦　人与人
最遥远的是心的距离
兄弟　你为什么离我远去？

兄弟　皇冠上的明珠
该有怎样的风骨和魅力？
该有怎样的风采和精辟？
该有怎样的情怀和主义？
应该怎样文化文学文艺？

深刻的深刻是否需要理解？
浪漫的情丝是否需要合理？
丰富的想象是否需要逻辑？
激扬的汹涌是否需要韵律？

奇巧的构思是否需要缜密？
望星空是否要脚踩大地？
没有我们的我是否孤独？

没有我的我们有什么意义?

兄弟 梦中的你
是否还有挑灯看剑的执著?
是否还有悠然见山的飘逸?
是否还有壮志饥餐的魂魄?
是否还有上下求索的进取?

兄弟 胸中的你
是否还有不教胡马度阴山的赤诚?
是否还有可怜无定河边骨的焦虑?
是否还有风流人物看今朝的自信?
是否还有凄凄惨惨冷冷清清的寻觅?

兄弟啊 你在哪里?
马革裹尸的豪气在哪里?
丹心汗青的情怀在哪里?
桃花潭水的深情在哪里?
大江东去的豪迈在哪里?

假如你被生活欺骗
就欺骗生活 放纵自己?
假如爱情价不高
是否还有爱的痴迷?

我在翘首蓬勃的你
我在怀念甘纯的你
我在期待天真的你
我在寻找眼热的你

我的兄弟
为什么要小看自己?
为什么要玩弄自己?
为什么在放任自己?
为什么在作践自己?

于是 我守望你
从学会走路做起
从学会说话做起
从走进生活做起
从贴近灵魂做起

于是 我践行你
从感悟生命做起
从鞭挞丑恶做起
从吟咏美丽做起
从高歌猛进做起

于是 我走出你
做一个小燕子穿花衣的小朋友的大哥哥
做一个却道天凉好个秋的老朋友的小兄弟
做一个天生我材必有用的人生歌者
做一个卑鄙是卑鄙者的通行证的洪钟大吕

生命会老 诗歌不老
生活常青 诗歌常绿
读悟天下 上接天 下接地
还一个激荡生命滋润灵魂的兄弟

2015.12.5—7

目录

第一季
曾经已离去很久很久　期许却很重很重
——读城　读史　读义

「第 1 辑」曾经是历尽沧桑的一方印 / 如今是高歌远航的一艘船 / 印痕里有文化 / 尚仁　尚德　尚俭

送你一个长安 //3
千万不要把我当经典
　　　——俑的自述 //6
城 //8
乐游原 //10
骊山 //12
雁塔夜题 //14
曲江好　夜未了 //16

「第 2 辑」守关中　望长空 / 长安夜　月朦胧 / 曾记征夫声声叹 / 犹闻万户捣衣声

长安　背影 //18
咸阳吟 //20
五丈原上听风 //23
贵妃怨 //25
青铜　宝鸡的背影 //27
又回乡关 //30
关中　关中 //31

「第3辑」那座小城／一夜我走了千年／／这一步是唐／唐时斑驳的石板／／那一步是宋／宋朝残留的门槛／／下一步是元／"小桥、流水、人家……"的门脸儿

一夜千年
　　——丽江印象／／33
我来了／／35
沈园咏叹／／37
西溪湿地印象／／39
西湖即景／／41
东湖秋咏／／42
龙井／／43

····································

第二季
我住在村庄 离天最近的那间房
　　——读天 读地 读人

「第1辑」鸟拖着长音／从屋后捡起彩色的芬芳／落脚在流韵的屋檐上

一个酝酿童话的地方
　　——瑞士的村庄／／47
阿尔卑斯山的眼
　　——安纳西湖／／50
阿尔卑斯山的云／／53

土耳其的眼睛 //55

雅典随想 //59

历史的交响

　　——两千岁的剧场 //61

问天

　　——兵马俑祭 //64

「第2辑」喜欢草原／喜欢马蹄荡起的狼烟／还有那根潇洒的套马杆

喜欢草原 //66

草原　胸襟 //68

草原　畅想 //69

草原　酒 //71

草原　梦 //72

草原　希望 //74

「第3辑」筑一座巢／给心找一个说话的地方 //修一座庙／给灵魂一个天堂

把灵魂放到高处 //75

给灵魂一个天堂 //76

让理想为灵魂梳妆 //77

英雄 //78

理想 //79

清鸣 //80

　　（附　清明读"清鸣"有感）//82

把灵魂打扫干净 //83
心中有一片天 //85
胡杨 //86

第三季
山高水长　云卷云舒　陪你书锦绣
　　——读家　读国　读魂

「第1辑」将军 你不要流泪 / 男儿有爱不弹泪 / 共和国的史册里有你和你的团队 / 华夏儿女的心目中有你们的丰碑

将军　你不要流泪 //91
井冈抒怀 //94
茨坪题照 //96
走进延安 //98
三沙　祖国和她的士兵 //100
我用心把你丈量
　　——新疆随想 //102
李庄，你好 //105

「第2辑」采一缕白云 / 做心花一朵 / 抒一把乡愁 / 不再抱怨生活

青春的备忘　追怀
　　——知青岁月之一 //108
青春的备忘　希望

　　　　　——知青岁月之二 //132

青春的备忘　生命

　　　　　——知青岁月之三 //136

青春的备忘　故乡

　　　　　——知青岁月之四 //141

「第3辑」谁说今天只剩下了金钱的冰冷／你用滚烫的心诠释了爱的永恒／／谁说今天只有世俗的冲动／你给冰雪的世界送去美丽的火种

大爱无垠 //144

呼唤 //147

拉着你的手 //148

关于你

　　　　　——谒胡适 //149

悠远的芬芳

　　　　　——谒邓丽君 //152

怀于谦 //154

登昭陵 //155

第四季

深山春水晚来急　邀我忆沧桑

　　　——读山　读水　读花

「第1辑」路断人稀绝胜处／满目红叶散秋香

秦岭　我和小鸟的对话 //159

思
——忆山 //161

致敬
——给山 //162

武当与瓦当 //163

武当山的我 //164

终南遐思 //166

秋走牛背梁有感 //168

秦岭 //169

「第2辑」相思不知缘何始／分别方晓何为情

江中的乌篷 //170

嘉陵江随想 //171

云雨 //174

雨点儿 //175

雾 //176

沙湖随想 //177

题日月潭 //179

「第3辑」花／绽了一树／汹涌澎湃／／春来了／美在做爱

红叶与我的人生对话 //181

花与人生 //184

花的念想 //186

花在感叹 //187

落花 //188

秋枫 //189

红叶，你好！ //190

叶的联想 //192

第五季
清醒有真谛 朦胧有诗情
——读夜　读心　读爱

「第1辑」夜里的灯笼热烈绯红／恍若一串飘摇的眼睛／／醉了灯笼 红了星星／美了夜空 花了眼睛

失眠的记忆 //197

夜的眼睛 //198

金秋的某一天 //200

夜静　夜静
　　　——人生回望 //202

秋 //204

石头 //205

板桥怀古 //206

「第2辑」暗淡的日子留一份清醒／守望的日子为坚强送行

孤独　一本别样的书 //207

蜡烛 //208

关于爱 //209

生活 //210

致独行者 //212
怀念　怀念 //214
笑脸 //215

「第 3 辑」远方／可能是一个永远到不了的地方／到远方的过程／可能就是远方
春天的花与秋天的果
　　——我与人生的对话 //217
记忆的碎片
　　——母亲 //219
给妈妈的话 //221
致青年 //222
了了歌 //224
远方 //226
生活　悟
　　——致友人 //228

第六季
人贵有风骨　文美神飞扬
　　——读你　读我　读他

「第 1 辑」在复杂中提炼着智慧／在世故中追求着单纯／在纷繁中学习着简约／在虚假中保持着真诚
让生命走出自然的轮回 //231

一直想说点什么
　　——致我亲爱的"驴友"们 //232
一个人……
　　——致某传媒人 //234
书生　顽童与鹰 //237
梦想
　　——致《远方》兼送禾田兄 //240
　　（附　远方）//241
离别 //243
失望 //244

「第 2 辑」我喜欢沉默 / 就像大地面对沉默的我 // 我喜欢沉默 / 就像昨天面对丑恶的冷漠

沉默……
　　——致徒弟 //247
牵着女儿走在大街上 //248
把眼泪穿成项链 //249
我是伟大的 //250
地狱与天堂 //252
因为我们有梦 //253
生活　莫名其妙 //254
终南画荷送友人 //255

「第 3 辑」与其得意忘形 / 不如多想想百姓 / 因为你也是百姓

一个丑恶的灵魂能够走多远 //256

自问 //259

致主席台 //263

其实你不懂 //264

开会 //266

与其……不如…… //268

我怎么读不懂你 //270

....

第七季

摇一叶扁舟　披一缕秋风　沐一身暖阳
　　——读云　读雪　读歌

「第1辑」我在云中 / 云中有我 / 捋一把白云 / 放飞了一朵

杜陵云 //275

泸沽　云 //276

泸沽　水 //278

在路上　星 //280

在路上　霞 //281

华阳　云趣 //282

华阳　情思 //283

「第2辑」几块木板搭就门庭 / 乡间野径 / 雪封柴门 / 庭前无人迹 / 天公扫凡尘

雪蝴蝶 //284

钓雪 //285

柴门探雪 //286

暮色中的望 //287

终南　翠 //288

终南　夜 //289

终南　禅 //290

「第 3 辑」把信天游撕成碎片撒向蓝天

草原的风 //291

在陕北　歌 //292

在陕北　老农 //293

在陕北　听山 //294

在陕北　山汉 //295

来吧 //297

生命的底色

　　——致友人 //298

第八季
从河里捞起一轮月亮　把它风干　挂到天上
　　——读月　读荷　读梅

「第 1 辑」低头独思量 / 拾起地上霜

失眠的月光 //303

午夜的记忆 //304

我为月亮梳妆 //305
守望
　　——致《相府的灯光》送禾田兄 //306
　　（附　相府的灯光）//307
在路上　月 //309
月下 //310
夜闻月语 //312

「第2辑」苦寒生神韵／天地留余香
爱梅说 //313
忆梅 //315
蜡梅 //316
雪润梅红 //317
题照　雪梅 //318
梵净思（歌词）//319
思念是条河（歌词）//320

「第3辑」觅一种高洁／览一塘风华
花开的时候 //321
看荷
　　——致友人 //322
题荷 //324
盆景 //326
菊 //327

寻·思
　　——竹海印象 //328
木王散曲 //330

第九季
人民有一双清澈的眼睛　百姓有一架善恶的天平
　　——读真　读善　读美

「第 1 辑」你若清澈 / 这生活就透明
从现在起 //333
我坚信 //335
不要…… //337
绝不 //338
致迷惘 //339
看着我的眼睛 //340
狡猾
　　——致友人 //342
佛光·悟 //344

「第 2 辑」正是踏青锦绣时 / 莫忘秋高风怒号
李白请我去喝茶 //346
屈原　我对你说…… //350
又看桃花　又见笑脸
　　——致崔护 //352

师徒的传说 //354
题友人成都草堂照 //355
清明　咏春 //356
又是重阳 //357

「第3辑」还有旧船票吗／上船不仅仅为了思念
错了　我错了 //358
不是，不是这样的
　　　——致《错了　我错了》//360
知道了 //362
追求 //364
虚假有时比真实美丽 //366
醉人的风景在哪里 //368
不要说无奈 //371

……………………

附　且读且悟，亦诗亦史
　　　——薛保勤诗歌的文心与化境　卜键 //373
后记 //389

第一季

曾经已离去很久很久
　　期许却很重很重
　　　　　　——读城　读史　读义

送你一个长安

送你一个长安
蓝田先祖
  半坡炊烟
骊山烽火
  天高云淡
沿一路厚重走向久远

送你一个长安
恢恢兵马
  啸啸长鞭
秦扫六合
  汉度关山
剪一叶风云将曾经还原

送你一个长安
李白杜甫
  司马长卷
华夏锦绣
  天上人间
采些许诗意观照明天

送你一个长安
美女江山
　　瘦燕肥环
回首沧桑
　　恨海情天
摘一缕情丝审视昨天

送你一个长安
西风残照
　　皇家陵园
唐风汉韵
　　辉煌惨淡
留一份清醒告诫今天

送你一个长安
秦岭昂首
　　泾渭波澜
灞柳长歌
　　曲江情缘
掬一城山水洒向人间

送你一个长安
一城文化
　　半城神仙
古都花开

春满家园
借今古雄风直上九天

送你一个长安
体味大唐
　　珍重长安

送你一个长安
再加一份祝福
送你一个长安
还有祥云一片

(2009年5月)

千万不要把我当经典
——俑的自述

我原本是一块微不足道的泥团
先人们精湛的技艺
让我躺在始皇帝身边
历经沧桑事　尘封两千年
一经出土便成了经典

我斜倚在二号坑一个不起眼的边缘
下半身早已残缺
　　　双腿已成碎片
上半身尚且完整
　　　一张铅灰色的脸
还有一双能望天的眼

我体验过恢恢军阵的辉煌
大秦帝国秋风扫落叶的威严
我感受过残肢碎体的惨淡
血流成河、尸横山野的悲惨
惨淡的辉煌与辉煌的惨淡

我接受着人们的审视、惊讶与感叹

实际上我仍然是一块烧制了的泥团
还是擦擦先人们头颅上蒸腾的热汗
想想喘息背后沉重的酸与凄楚的甜

千万不要把我当经典
我不过是一块烧制了的泥团

(2010 年 12 月)

城

曾经是保平安的一围墙
如今是万家灯火的一座院
城头看剪影
　　长乐　安定　安远
　　凝结着期盼
院里有故事
　　皇城　新城
　　流转着变迁
巍巍大唐
满目阑珊
城是家的家　家是城的院
你从昨天走来
古城　心城　我的家园

曾经是历尽沧桑的一方印
如今是高歌远航的一艘船
印痕里有文化
　　尚仁　尚德　尚俭
　　寄托着承传
船舱中有记忆
　　解放　和平　民乐园

祥和着风帆
一路云烟
春光无限
城是家的家　家是城的院
你向明天驶去
新城　心城　希望的家园

(2011年5月)

乐游原[①]

一

乐游原 守秦川
八百好河山
眼底沧桑兴亡事
惊鸿一瞬间

乐游原 望终南
峰头起流岚
暮色烟柳夕霞残
落红独悟禅

二

乐游原 夜阑珊
朗月挂前川
皑皑白雪苍岭秀
夜静增峭寒

乐游原 悟终南
空灵有幽兰

仙峰道谷觅捷径

心净即为仙

（2012 年 5 月）

①　乐游原位于陕西省西安市大雁塔东北方向,青龙寺附近。此地秦时名曰"宜春苑",现名得于汉代。唐时此地是京城人的游赏胜地,也是俯瞰长安(今陕西省西安市)的一处高地。历史上,很多著名诗人在此留有诗词作品。其中,李白的"乐游原上清秋节,咸阳古道音尘绝"(《忆秦娥·箫声咽》)、李商隐的"夕阳无限好,只是近黄昏"(《登乐游原》),传诵至今。

骊山

一匹携着威猛
　　　驮着庄严的山
秦王争雄　烽火狼烟
华夏一统　威风八面
庄严　很近很近
威猛　很远很远

一座揣着女人的故事
　　　驮着妖艳的山
幽王戏侯　荔枝红颜
江山遗憾　遗韵千年
山　很近很近
情　很远很远

醉卧山边　静享温泉
马蹄的声音　很远很近
阑珊的灯火　很近很远

哦　历史就是那样
清醒的时候
　　　很远的东西很近

糊涂的时候
　　很近的地方很远

　　　　　　　　（2014年1月）

雁塔夜题①

高阁起
翘大唐
神州威名扬
孺子题名学为本
精神有家乡

金风爽
雨流芳
霓虹笙歌忙
雁塔风铃声声慢
今古诉衷肠

青松高
古柏壮
巍峨抵天堂
李杜对酌酒如歌
沧桑伴辉煌

佛家地
经绕梁
玄奘译经忙

油尽灯枯成伟业
塔前矗大像

喷泉起
音悠长
咚咚荡秦腔
洪钟大吕萦天宇
乐骤水翱翔

(2009年9月)

---

① 大雁塔,又名大慈恩寺塔,建于唐高宗永徽三年(652),是为供奉玄奘法师从印度取回的佛像、舍利和梵文经典而修建的,塔身7层,通高64.5米。唐代,每当新科进士及第,即在大雁塔题名。2004年1月,围绕大雁塔建成大雁塔广场。广场由水景喷泉、系列雕塑群、开放式园林及艺术长廊等组成,成为国内外游客观光休闲的一处文化旅游胜境。

曲江好　夜未了[①]

曲江早　雾缭绕
百鸟啼春晓
莺飞草长声声翠
一池青未了

曲江俏　多妖娆
草木亦逍遥
姹紫嫣红波中秀
一湖仙子笑

曲江晓　波浩渺
雁塔佛光罩
千载文华一脉传
风流看今朝

曲江潮　逐浪高
创意领风骚
风生水起多奇秀
盛世展英豪

曲江好　夜未了

琼楼衬玉桥

霓虹笙歌切切语

朗月伴良宵

(2010年8月)

---

① 曲江位于西安南郊,有曲江池、大雁塔及大唐芙蓉园等风景名胜古迹。曲江池历史悠久,肇于汉,为唐代著名的皇家园林所在地,两岸楼台起伏,宫殿林立,绿树环绕,水色明媚。唐时,每当新科进士及第,在大雁塔题名后(即雁塔题名),还要享受在曲江赐宴的待遇。新科进士在这里乘兴作乐,放杯至盘上,放盘于曲流上,盘随水转,轻漂漫泛,转至谁前,谁就执杯畅饮,遂成一时盛事。"曲江流饮"由此得名。

长安　背影

一步一步地看着你走远
带着李白天生我材的自信
拖着白发三千丈的浪漫
我把长发梳理成辫
顺着辫子爬上了天
呵呵
诗意长安　一城璀璨　一望千年

一步一步地看着你走远
捋着杜甫飘逸忧思的长衫
拨动三吏三别那轮残月的弦
弹十面埋伏　奏花好月圆
辉煌的旋律与音符的苦难
沧桑的主题：
居安宜思危　长安需忧患

一步一步地看着你走远
遥望朱门酒肉发酵的奢侈
蘸一笔白居易长恨歌里的流烟
把烟挂在树上
让历史招展

哦 长安的舞台上
上演的不仅仅是长安
还有
家书万金 妻离子散

一步一步地看着你走远
抚摸一个个王朝衰微的背面
巍峨 斑斓 烽火 战乱
哦 追怀辉煌 透析惨淡
剥离浅薄的自满
珍重当下 向前……
呵呵
丝路新起点 风正好扬帆
长安 明天一定比背影壮观

(2013 年 12 月)

咸阳吟

咸阳乃秦之国都,汉有渭城,纵横人文,有咸阳古渡,有《阳关三叠》,有渭城朝雨,有客舍青青,有柳色新新……

一

我是咸阳古渡的那艘老船
我是船上那幅舞动的白帆
挟着辽远的风走向今天
梳理斑驳的岁月
翘首常新的家园

漫漫征程的悲壮
黎民百姓的苦难
大秦帝国的辉煌
一望千年的期盼

曾经
战马嘶鸣
战尘弥漫　妻离子散
如今
沉舟侧畔

坦途通天 如梦如幻……

二

我是《阳关三叠》的那根老弦
我是弦上那抹相思的幽兰
绕梁千年梦牵秦川
吟咏不老的情
悠扬相知的缘

别时难的感伤
见亦难的凄婉
悲壮苍凉的远行
小桥流水的柔绵

悠远的牵挂
无眠的咏叹
民不聊生的凄惨
长治久安的呼唤

一咏千年
　　千年一叹
　　　　情结千千

三

我是劝君更尽一杯酒的那个老坛
我是牵挂故人的那双凄迷的眼
生离死别 望眼欲穿
西风瘦马 古道狼烟

丝绸之路春风不度的孤独
还我河山班师回朝的狂欢
春华秋实的得意
恶者得逞的弹冠

酒 丈量着喜悦的长短
眼 审视着历史的深刻与浮浅
光荣与梦想
巍峨与惨淡
蒙昧的得志
文明的招展

俱往矣！
那艘船风正潮平挂云帆
那幅帆直立潮头向云天
那坛酒祝君人生三万里
那双眼满目流芳一万年

(2011年4月)

五丈原上听风①

五丈原上听风
听金戈铁马
　　望汉魏相争
听兵不厌诈
　　望诸葛点灯
浩浩乎
千年风采招展着峥嵘

五丈原上听风
听鞠躬尽瘁
　　望沙场点兵
听死而后已
　　望北斗七星
飘飘乎
千秋风范漫卷着长虹

五丈原上听风
听殚精竭虑
　　望大爱稀声
听精忠报国
　　望翠柏青松

巍巍乎
千古丰碑激荡着忠诚

(2014 年 9 月)

① 五丈原地处陕西省岐山县,位于八百里秦川西端,东距西安 130 公里,为秦岭北麓黄土台原的一部分,海拔约 750 米,原上地势平坦,南北长约 4 公里,东西宽约 1.8 公里。南靠秦岭,北临渭水,东西皆深沟,形势险要。五丈原为三国时诸葛亮北伐曹魏、屯兵用武、死而后已的古战场。三国时期,诸葛亮屯兵五丈原与司马懿隔渭河对阵,后因积劳成疾病逝于五丈原,五丈原由此闻名于世。

贵妃怨

总以为追随你就嫁给了江山
总以为柔肠百转就是忠诚
谁知道世事多变人生无常
马嵬坡上赴黄泉还背了骂名

是美蛊惑了人心?
是情迷惑了朝廷?
是舞虚幻了世界?
是乐混淆了视听?

歌舞升平的时候
我是美艳的彩虹
江山崩塌的时候
美却献出了性命

为私欲而祸国?
因爱慕而虚荣?
为江山而赴死?
因内讧而丧生?

有人说爱 有人说恨

有人说奸　有人说忠
长恨歌穿越时空到如今
纷纭千多年　爱恨几多情

打天下坐江山是男人的本分
丢天下走麦城却问责女性
朝廷冷朝廷热冷暖自知
若如此还莫若乡野草民

总以为追随你就嫁给了江山
误国的罪让我背似乎不太公平
总以为献柔情就是忠心耿耿
妖孽的名让我担实在太重太重

历史常有谜　解读待后生
后人复后人　总会有迷踪
香艳的故事常常说不完
宫廷的传说后人往往说不清

哦　站在天堂我看人生
自己经历的事情也弄不懂

（2014年8月）

青铜　宝鸡的背影

　　宝鸡,乃西周故都,秦王朝崛起之地,文脉深厚,遗存丰富,以青铜为最。其出土数量之多、规格之高、铭文之繁,驰名中外,折射礼乐文明,辉映华夏文化。漫步石鼓山,品青铜、望星空,思接千载,神游四海……

穿越历史的年轮
　　尊贵　淡定
披着岁月的风尘
　　沉着　凝重
你从地下走来
你从乡野聚拢

石鼓山上
守望秦岭　脉脉含情
渭水河畔
列队迎宾　昂首挺胸

你的色泽原本是黄
历史给你注入了青
黄是曾经的蓬勃

青是远去的恢宏

遥拜祖先的曾经
凤鸣岐山　哲思奔涌
鼎立天下　国之象征

追寻黄与青的行踪
江山无限　铁马秋风
周易周礼　秦韵秦声

捕捉飘摇的精灵
峨冠博带　高贵雍容
敬天敬祖　乐起钟鸣

倾听悠长的足音
文武之道　天下为公
天人合一　华夏一统

你从昨天走来
回首三千年
　　从启蒙到文明
我清醒　我光荣

你向未来昭示
检点国之得与失

观照人之德与行

我深刻 我沉重

于是

孔子有一个理想叫复礼

中国有一种传承叫追梦

宝鸡有一个背影叫青铜

(2014 年 11 月)

又回乡关

华夏巍峨五千年
穿越沧桑看潼关
守沃野 望长安
关是家的门
门是家的关
将军百战抗倭寇
关隘威武起狼烟
巍巍雄关 梦回乡关
满目春光又阑珊

滔滔黄河九十九道弯
一路奔腾到潼关
望中条 依华山
关是心的结
情结有千千
女娲长卧有风陵
眼底中华好家园
滔滔雄关 又见乡关
会当击流水三千

(2012年7月)

关中　关中①

守关中　望长空
长安夜　月朦胧
曾记征夫声声叹
犹闻万户捣衣声
牵挂的结很深很深
相思的情很浓很浓

别关中　望远征
出阳关　念乡情
丝路风沙驼铃漫
何处离人夜吹笙
关西的风很冷很冷
离家的心很空很空

悟关中　钟鼓鸣
开基业　难守成
成由勤俭败缘奢
千古成败皆雷同
历史相似又相似
未来需清醒又清醒

走关中 唱大风
秦汉唐 抒豪情
秦川一觉千秋梦
得失常在不言中
曾经已离去很久很久
期许却很重很重

(2014年7月)

---

① 关中即陕西秦岭北麓的渭河冲积平原,其名始于战国,取意"四关之中"(西有大散关,东有函谷关,南有武关,北有萧关),有"八百里秦川"之称。关中是华夏古文明最重要、最集中的发源地之一,有炎帝、黄帝的族居地和陵墓,有享誉世界的蓝田文化、大荔文化、半坡文化。自西周起,先后有周、秦、汉、唐等13个王朝在这里建都,历时1100多年。唐代著名诗人杜甫有云:"秦中自古帝王州。"

一夜千年

——丽江印象

水　悠闲着　在古城散漫
灯　通红着　在夜空璀璨
水　摇曳着　岸上的霓虹
岸　充盈着　水色的流盼
丽江的古街哟
一个晚上我们走了千年

我丈量着古城的千年
这一步是唐
　　唐时斑驳的石板
那一步是宋
　　宋朝残留的门槛
下一步是元
　　"小桥、流水、人家……"的门脸儿

我检点着古城的千年
　　流韵的纳西古乐
　　绕城千年　余音绵延
茶马古道的客栈
　　犹闻繁华　犹觉茶暖

"古道、西风、瘦马……"
　　远行问天　虽嫌凄清
　　却成绝唱　蔚为壮观

水　悠闲着　携着雪山的凛冽
灯　通红着　点化着沧桑的铺面
啊　那个小城
一夜　我走了千年

(2006年12月)

我来了

新疆伊犁位于祖国的西北角，与哈萨克斯坦接壤。这里，沃野千里，平原与山地交汇，雪山与草原观照，峰峦叠翠，水丰草美。晨起，窗外阳光灿烂，耳畔百鸟争鸣，院内古木森森，脚下流水潺潺，花木扶疏，色彩斑斓。望山、看水、问天、访云、览绿……

  云说　我来了
    用婀娜让蓝天妙曼
  山说　我来了
    用巍峨撑起大地的伟岸
  松说　我来了
    用高贵维护山的尊严
  草说　我来了
    用蓬勃解读生长的平凡
  花说　我来了
    用璀璨诠释生命的灿烂
  马说　我来了
    用忠诚驮起民族的家园
  歌说　我来了
    用激情点燃草原的浪漫

河说　我来了
　　　　将祝福带到遥远的遥远
我说　我来了
　　　　带着亲近草原的虔诚
　　　　带着胸襟天下的期盼
你说　我来了
　　　　送一片祥云还有祝愿

我说　我来了
　　　　你说　我来了
　　　　我们　都来了　今天

(2012年9月)

沈园咏叹①

一段哀婉凄切、铭心刻骨的爱的绝唱;一首幽怨缠绵的情的咏叹。陆游、唐琬,绍兴沈园一座情与词造就的名园……

红酥手 紧握着纯真的情怀
黄滕酒 散发着忠贞的无奈
绕墙的河 流淌着不尽的泪
沈园啊 思接千载

宫墙柳 摇曳着泪痕鲛绡的感慨
东风恶 泯灭着两情久长的神采
漫天的叶 飞扬着爱的伤感
沈园啊 遗恨千载

欢情薄 用"莫"祭奠懦弱的澎湃
秋如旧 用"错"记忆彻骨的阴霾
凄切的离合 一个哀怨的结
沈园啊 无悔千载

情飞扬 岁月不掩这知音的平台
意无限 日月沐浴着绵长的期待

忠贞不渝 一个永远的期待
沈园啊 永恒千载

(2008年12月)

---

① 沈园,位于浙江省绍兴市市区东南的洋河弄,是绍兴历代众多古典园林中唯一保存至今的宋式园林。相传,诗人陆游初娶唐琬,伉俪相得,后被迫离异。多年后,两人邂逅于沈园,陆游感慨怅然,题《钗头凤》词于壁间,唐琬见而和之,情意凄绝。晚年陆游,又数访沈园,赋诗述怀。沈园亦由此而久负盛名,载入典籍。

西溪湿地印象①

水似绸
叶知秋
镜面荡飞舟
船娘软语送吉祥
意随碧水流

夕照好
霞飞红
白鹭绕长空
群鸥点点落碧树
野鸭逍遥游

艄公秀
立船头
曲颈展歌喉
江南汉子亦豪情
桨飞船抖擞

群贤至
众好友
芦荡茶代酒

那座小城／一夜我走了千年／这一步是唐／唐时斑驳的石板／那一步是宋／宋朝残留的门槛／／下一步是元／"小桥、流水、人家……"的门脸儿

双脚戏水似莲藕

喧声如狼吼

(2008年3月)

① 西溪国家湿地公园位于杭州市区西部,距西湖不到5公里,是罕见的城中次生湿地。这里生态资源丰富,自然景观质朴,文化积淀深厚,曾与西湖、西泠并称杭州"三西",是目前国内唯一的集城市湿地、农耕湿地、文化湿地于一体的国家湿地公园。2009年被列入《国际重要湿地名录》。

西湖即景

一

半湖山色半湖楼
半是繁花半已秋
苏堤不知杨柳怨
大道朝天水悠悠

二

曲径通幽柳丝飞
禅房花木几徘徊
许仙问天情几许
断桥千载雪成堆

三

西湖早秋草欲飞
醉卧野径不思归
莫道闹市风流好
人间最忆唯山水

(2007 年 3 月)

东湖秋咏

夜宿东湖宾馆。毛泽东曾数十次在此下榻并办公。

一

一湖烟波一湖绸
如丝小雨润残秋
情寄野径寻旧事
伟人笑曰看扁舟

二

夕照林间忆旧游
凋零草木亦风流
湖中归舟三五点
一束红叶尽望秋

(2010 年 11 月)

龙井

柳丝飞 梅含芳
水映俏佳娘
碧玉和风送诗来
品读色味香

青芽青 虎跑香
茶水秀琼浆
东坡往返几欲醉
望我坐禅房

乾隆碑 韵悠长
借茶话沧桑
指点江山悟人生
无常亦有常

众好友 觅群芳
谷幽晓风爽
品茗四顾多灵动
小坐沐暖阳

(2007年3月)

第二季

我住在村庄
　　离天最近的那间房
　　　　　　——读天　读地　读人

一个酝酿童话的地方

——瑞士的村庄

瑞士是山国,村庄大多散落在半山上。在阿尔卑斯山间穿行,云缭雾绕,看沿途村庄,时远时近,时高时低,时轻时重,时深时浅,时隐时现……

一

你在天上
闻着鸟语 沐浴花香
鸟拖着长音
从屋后捡起彩色的芬芳
在流云中飘摇
在晓雾里游荡
落脚在流韵的屋檐上
"闻香 闻香"
哦 天上的村庄

二

大山深处的那群小屋
远远的 积木的模样

玲珑多姿 红绿黑黄
从散落的山脚
逶迤到大山的肩膀
屋在呼吸
呼入的是云 吐出的是雾
静静地在流云中思考
悄悄地在落霞里徜徉
哦 思考的村庄

三

早春 草原的斑斓
沿山铺到天上
蝴蝶来了
那是一只幼稚园的蝴蝶
彩云来了
那是一朵刚出嫁的新装
苍鹰翱翔不忍离去
与你对望
村在花里 花的村庄
你在斑斓里眺望
我能闻到你的醉
我能摸到你的香
哦 童话的村庄

四

我住在村庄

离天最近的那间房

打开窗 捋一把云洗脸

推开门 驾一片雾飞翔

黄昏 添一束火红送给晚霞

晚上 捡一片雪花搽搽月亮

然后

对着吴刚说话

对着嫦娥梦想

哦 梦中的村庄

一个酝酿童话的地方

(2013年6月)

阿尔卑斯山的眼

——安纳西湖

  法国古镇安纳西，坐落在阿尔卑斯山下的瑞法交界处，傍安纳西湖逶迤而建，因湖得名。小镇融古今于一体，风情万种，古城、古堡、古建、古街、古桥、古道、古风、古韵。出镇，沿湖看雪山流岚，巍峨壮观，览湖光山色，气象万千，小镇素有"阿尔卑斯山的阳台"之美誉。清晨沐着晨光看湖，黄昏披着霞光读湖，傍晚顺着老街纵横的溪流品湖，入夜傍着古桥悟湖……

你是阿尔卑斯的眼
守望多情的白雪
审视灵动的流岚
眼神里流淌着澄澈
眼波中涌动着柔绵

云来了 是山的思绪
雾起了 是波的蹁跹
鸟放纵 拉长流韵的线
船忘情 抖乱一湖金色的软缎

我坐在你的睫毛边

晨看微波不兴

午览白帆点点

暮观斑斓的夕照

月下觅水色的流盼

在没有人迹的地方

我知道什么是天

在没有丑恶的地方

接受关于做人的考验

噢　人间的天上

天上的人间

于是　卢梭来了

梦随山走　魂被水牵

十二年忏悔终成鸿篇

于是　拜伦在这里流连

他说　这里有荡涤灵魂的泉

我突然看见

历史的恢宏与人类的苦难

我朦胧中发现

大自然的奇迹比人间干净壮观

哦　睁大你的眼睛

摸摸你的灵魂
看着我的眼

(2013年8月)

阿尔卑斯山的云

清晨,从阿尔卑斯山脚下的奥地利袖珍小城因斯布鲁克出发,往德国慕尼黑,穿行在阿尔卑斯山间。一路雾起雾落、时淡时浓,风起云涌、时阴时晴;时而如大海般汹涌,时而似小溪般柔情,时而蓝天如洗,时而烟雨迷蒙,时而彩云奔涌。看飞短流长,悟百态人生,沿途手机记趣——

用一抹绯红点化黛绿的神韵
用一片洁白映衬伟岸的神圣
浓淡相宜的是端庄
稍纵即逝的是流萤
哦,那是云

用大海的包容簇拥险峻的光荣
用激扬的流韵升华奇秀的恢宏
星星点点是清醒
生生不息是忠诚
哦,那是云

用奔腾汹涌延伸不息的生命
用喷薄欲出张扬狂放的本能

金碧辉煌是虚无缥缈

若即若离是一往情深

哦，那就是云

用超然俯瞰山的凋零与葱茏

用雨雾滋润河的温柔与放纵

时隐时现是风度

闲庭信步是从容

哦，云样的人生

(2007年7月)

土耳其的眼睛

这里人文丰厚，密布着令人惊叹的人类文明，镌刻着惨烈的历史印痕：城堡，城邦，特洛伊，波斯帝国，罗马帝国，拜占庭帝国，奥斯曼帝国，十字军东征……

一

怀着寻古的虔诚
抚摸你悠远的文明
带着问古的希冀
捕捉你雍容的背影

一座座沧桑的城池
散发着斑驳的凝重

城邦里的议事厅
各抒己见这是民主的雏形
图书馆还有音乐厅
儒雅经典得让人肃然起敬
大剧场肃穆
几万人观赏得鸦雀无声
体育场宏阔

洋溢着人对生命的尊重

生命的启蒙
　　　思想的启蒙
文化的启蒙
　　　文明的启蒙
睿智得让人震惊
开化得让人感动

哦　两千年的城
老态龙钟
守望文明的眼睛

二

寻着追思的线
　　　穿行在你腥风血雨的曾经
乘着记忆的风
　　　飘扬在你断垣残壁的上空

一座座无语的城堡
散发着不散的血腥

斗兽场
人与兽殊死搏斗

血溅残肢碎体
头落怒目圆睁
万众瞩目　山呼海啸
为谁欢呼为谁鸣
谁是懦夫谁英雄
残暴成为酒后茶余的消遣
消遣却释放着人的野性

于是
东罗马的刀光剑影
十字军喋血的远征
奥斯曼帝国的战马
强权呼啸着远行
野蛮因何而野
文明为何而生

哦　两千年的城
观照苍生
见证兽性的眼睛

三

我发现野蛮
我寻觅文明
文明中的野蛮

野蛮中的文明

文明在教化人类走出野性
野性却肆无忌惮践踏着文明
一次次野蛮的践踏
又孕育了一次次新的文明
野火烧不尽 春风吹又生
人类 大约就是这样前行

远去了的血腥
远去了的文明
哦 土耳其的眼睛
是眼睛在看我
还是我在发现眼睛

(2015年1月)

雅典随想①

漫步废墟追忆昔日的文明
捧着经典追寻大师的踪影
俱往矣 唯有精神
无言的碑往往永存

大山告诉我：
这里的一切曾经厚重
清流告诉我：
这里的风景曾经恢宏
历史告诉我：
要懂得对曾经的尊敬
生活告诉我：
今天的灿烂来自昨天的滋养
明日的辉煌来自今日的躬行

我们在精神的家乡学习英雄
给灵魂一块睿智的领地
给人生一个儒雅和纯正
给艺术一个生长的空间
留一份属于自己的清醒

(2010年5月)

① 雅典是希腊首都,也是希腊最大的城市。位于巴尔干半岛南端,属亚热带地中海气候。雅典是世界上最古老的城市之一,有记载的历史就长达3000多年。现在雅典是欧洲第八大城市。

历史的交响①
——两千岁的剧场

站在埃皮道罗斯露天剧场看台上,走进历史,走进希腊曾经的辉煌,历史在与今天交响……

一

两千多岁的殿堂
两万多人的剧场
两千年前的恢宏
两千年后的探访

两千年前
　　这里的文明为世界启蒙
两千年前
　　这里的大剧威武雄壮
两千年间
　　这里的文明屡被野蛮踩躏
两千年后
　　这里精神的灯塔依然辉煌

审视悠远的舞台感受岁月的沧桑

静坐斑驳的看台想象曾经的灵光
寻觅飘摇的余音追梦余音的光芒
回望依稀的历史放飞千年的向往

绵延不绝的往者
丈量曾经的巍峨
若有所思的去者
检点文明的哀伤

二

两千岁的剧院
两万人的殿堂
回望当年的喧嚣
捕捉曾有的绝响

没有穹顶
但却金碧辉煌
没有话筒
但却声名远扬
没有演出
却幻化着金戈铁马
没有演员
却洋溢着儿女情长

两千岁的剧院

两万人的殿堂

两千年的遗韵

两千年的绝唱

两千年的风对雨说

生活、艺术、向往……

两千年的雨对风说

精神不老山高水长……

两千岁的舞台对来者说

珍重过去要学会守望……

两千年后的来者对舞台说

精神不老我们坚守理想……

(2010年4月)

---

① 埃皮道罗斯露天剧场,建于公元前4世纪中期,规模巨大,可同时容纳2.5万名观众,是希腊后期建筑艺术的伟大成就之一。古希腊剧场起源很早,建筑形式是利用山坡地势,观众席逐排升高,呈半圆形,并有放射状的通道。表演区位于剧场中心一块圆形平地,后面有化装及存放道具用的建筑物。剧场不仅是娱乐场所,也是自由民集会的地方,因此规模巨大。

问天

——兵马俑祭

问天
那张铅灰色的脸
透过秦扫六合的烟尘
回望焚书坑儒的惨淡
一问两千年
落叶满长安

问天
那双紧握的拳
检点周秦汉唐的辉煌
梳理血与火的喜忧参半
一握两千年
残月笼长安

问天
那双凄迷的眼
审视岁月的瘢痕
追问高尚与贪婪
一望两千年
秋风扫长安

问天

那支骁勇的地下军团

守望虚幻的辉煌

见证华夏的威严

一叹两千年

秋声漫长安

问天

那柄尘封的剑

遥指天上

直对人间

天上人间

一指两千年

华夏盼长安

(2008年6月)

喜欢草原

喜欢草原
喜欢一望无际的暮色
暮色里点点灯火 霭霭炊烟

喜欢草原
喜欢奔腾不羁的马群
马蹄荡起的狼烟
还有那根潇洒的套马杆

喜欢草原
喜欢悠悠长笛 巍巍长天
　　浩浩长风 啸啸长鞭

喜欢草原
喜欢绿的青波 黄的璀璨
　　白的遥远 光的斑斓

喜欢草原
喜欢歌的悠扬 韵的蜿蜒
　　舞的神韵 情的柔绵
长调凄切 柔婉 苍茫 辽远

喜欢草原
喜欢汉子们迎接苦难的达观
用心和你干杯的耳热酒酣

喜欢草原
喜欢马头琴的潺潺流水
　　　长河蜿蜒　万马奔腾　气象万千
喜欢草原
不仅是春的烂漫　夏的火热
　　　秋的丰硕　冬的浩瀚

喜欢草原　喜欢
意随天地走　心被牛羊牵……

(2011年5月)

草原　胸襟

太阳牵着白云
在草原撒欢儿
作一幅画
绘一尊佛
描一簇花儿
我愿是猎手
驭一匹马
看画　拜佛　赏花
看辽阔　看浩瀚　看博大
看夕照的壮美
看晨光的勃发
沐一身禅雨
披一身花香
捋一片朝霞
哦　胸襟天下

（2010年10月）

草原　畅想

一

绚烂的晚霞将西天点亮
草原充溢着醉人的乳香
牧归的孩子挥动着鞭儿
祥和的笑语回响在毡房

二

悦耳的长调在夜空中悠扬
相思的人儿遥望着远方
深情　拨动着牵挂的心弦
委婉　寄托着无言的绵长

三

姑娘们端起迎宾的美酒
歌声飘逸着欢快和奔放
小伙子捧起大碗的真诚
干杯，尽显好客的豪爽

四

无涯的绿色随着草原成长
悠闲的牛羊撒落在牧场
蜿蜒的河穿越绿茵飘然远方
我心向往 我心飞翔

五

风带着诗梳理着草场
雨携着歌梳妆着牛羊
于是，歌中有了绿色的诗
诗中有了歌的生长
有了悠远的回望
有了蓬勃的张扬

六

风携着绿在草原飞翔
绿伴着风在旷野徜徉
牛羊是草原流动的乐符
草原，一曲天籁的交响
夕阳为交响披上盛装

(2011 年 5 月)

草原　酒

浓浓的酒香飘出毡房
淡淡的乳香在草原飞翔
酒香飘出的是父亲的坚强
乳香飞翔的是母亲的柔肠

父亲的坚强
　　　支撑着母亲的柔肠
母亲的慈祥
　　　滋润着儿子的坚强

于是
有了花的柔
　　　有了鹰的刚
有了刚中的柔
　　　有了柔中的刚
于是
　　　就有了草原上不落的太阳

(2011年5月)

草原 梦

一

马是草原悠扬的精灵
山是草原蓬勃的斗篷
路是草原飞扬的飘带
羊是草原流动的白云
呵 草原有诗 草原有梦

女人是草原柔美的琴弦
长河是滋润草原的母亲
男人是草原刚健的弯弓
大雁是草原相思的风筝
呵 草原有情 草原有神

二

太阳牵着白云在草原撒欢儿
月亮携着星辰让夜色辉煌
豪情牵着歌声在天空奔放
母亲随着儿子有了世界眼光
呵 这片草原

你浪漫　你柔肠

风儿牵着骏马在大地翱翔
绿叶衬着鲜花在原野怒放
雄鹰揣着理想搏击长天
牛羊衔着希望在草原生长
呵　这片草原
你蓬勃　你安详

(2011年5月)

草原　希望

我在绿茵中寻觅理想
驭着一望无际的浪
在草原深处百公里的蒙古包旁
在蓝天与草地交接的沿儿上

没有诗　没有歌
绿无涯　野茫茫
小伙儿在写诗　并且放马
姑娘在歌唱　而且牧羊

小伙儿骑着骏马
遥望就是理想
姑娘揣着爱情
羊群就是希望

哦　理想不一定轰轰烈烈
　　　希望可能平平常常
那个小伙儿　那个姑娘
守着一个有灵感的地方

(2015 年 5 月)

把灵魂放到高处

把灵魂放到高处
走进世俗
在雅与俗的和谐中寻求出路
以生命的名义为高贵祈福

把灵魂放到高处
走进泥污
在与龌龊的博弈中尽显风流
以淡定的姿态笑傲江湖

把灵魂放到高处
走进财富
与金钱谈判走出物欲的歧途
让精神滋润漫漫长路

把灵魂放到高处
和长天对话
把灵魂放到高处
为大地张目

(2011 年 10 月)

给灵魂一个天堂

不说牵挂是什么模样
不说爱的地久天长
化一片蓝天
给白云一个撒欢儿的牧场

不说海枯石烂
不说地老天荒
变一轮明月
让情思在彼此的星空飞翔

把热烈深藏
让生活决定情感的走向
筑一座巢
给心找一个说话的地方

把炽热蒸馏成水
把冲动燃化成香
修一座庙
给灵魂一个天堂……

(2010 年 8 月)

让理想为灵魂梳妆

我有一个理想
让梦绽放在海洋
涌是流动的灵感
浪是斑斓的衣裳
思经天 想纬地
让思想在天地间张扬

我有一个理想
让梦飘扬在未来的时光
随着三月的绿波荡漾
伴着腊月的雪山苍茫
让灵魂不要沉沦
让精神不再漂泊
让思想不再流浪
让理想为灵魂梳妆

(2013年3月)

英雄

天上的太阳在飞翔
水中的月亮在疗伤
升腾的时候生生不息
奋飞
通体玲珑着光芒
失落的时候舔干伤口
用水疗养
胸怀着热望
英雄常常就是这样
成长的时候披荆斩棘
落寞的时候孕育顽强
噢——
天上的太阳在飞翔
水中的月亮在疗伤
这 是我的想象

(2013 年 3 月)

理想

一只燕翱翔在我心中
一只莺伴我愉悦地飞行
倦怠的时候想着燕
落魄的时候望着莺

我知道燕舞是美
我知道莺啼常在黎明
我喜欢这若隐若现的追随
我愿意这相思般的远行

(2013 年 3 月)

清鸣

海口,海瑞墓,肃穆,寂静,庄严。墓园有塘,塘中有荷,荷上有蛙,蛙声一片,我悟蛙声,浮想联翩……

这里安放着一部人生
洋溢着辉煌与惨淡的峥嵘

做人 痴心不改
尽管跌跌撞撞懵懵懂懂
傻啊 傻得只剩了忠诚

为官 唯有百姓
尽管坎坎坷坷降降升升
难啊 为生民请命

不为虚浮所齿
　　不为邪恶所动
不为世俗所容
　　却为天地留名

如今 墓园已经清冷

蛙伴着荷 我寻着声
轻轻地 轻轻
蛙声将荷露抖动

清明
蛙在荷上守灵
清鸣
啼一塘清风

看 寒来暑往
听 春雨秋声
拊 潮起潮落
品 月高风清

安详地将世间守望
牌坊似高耸的眼睛
清明 何为清 何为明
清鸣 谁为清而鸣

噢 这里安放着一颗英灵
留给世人的不仅仅是峥嵘

（2013年4月）

附

清明读"清鸣"有感

李东升（陕西日报社原社长）

清明时节诵"清鸣",
如啜甘露沐春风。
鄙虚尚诚见至性,
疾恶爱民道心声。
敬荷处污自清洁,
喜蛙灭害不妄鸣。
欣逢盛世开鸿宇,
百姓尤赞新海公。

把灵魂打扫干净

把灵魂打扫干净
　　　心灵会多几分沉静
把理想用追求界定
　　　境界会得以提升
把心情用恬淡调整
　　　生活会变得轻松
把酸楚用超然幻化
　　　会有另一番人生

世间的事
　　　不必件件认真
心灵的壁垒
　　　往往容易沟通
生活的事
　　　不必事事洞明
朦胧的世界
　　　常常会有诗情

生活不会愧对执著
友谊不会辜负真诚
希望不会愧对热望

理解不会辜负宽容
成功不会愧对准备
人生不会辜负勤恒

(2008 年 12 月)

心中有一片天

心中有一片天
世界就多一分属于自己的蓝

眼前有一片海
胸中就有一幅别样的帆

天边有一抹霞
远方就有一团腾跃的火

身边有一叶桨
未来就有一波飞红的澜

手中握一支笔
人间就多一篇美的宣言

情感多一分真诚
旅途上就多一坛陈酿的酒

追求多一分自信
脚下就多一座流韵的山

(2009年5月)

胡杨

一

已经没有了生的迹象
静静地 扭曲着遒劲
一种姿态 一种精神
一尊尊死亡的雕塑
一群群伟大的背影

二

如大地伸出的利爪
倾诉自然对自然的不公
如老者高举的臂膀
警告生命对生命的放纵
世界啊应该公平
我们必须学会尊重

三

生命的归宿不仅仅是死亡
悲壮有一种使命是唤醒

为了生者成长的蓬勃
为了逝者精神的长青

四

一具具铅灰色的尸体
一条条扭曲了的龙
张扬着　问天
废墟中　呼唤
生命　　生命
啊　死亡在这里就是风景

五

一千年
三千年
你在风中流
风流在心中

六

有的人活着
可他已经死了
有的树死了

可它依然活着

人,应该活得像这树

(2015年7月)

第三季

山高水长
　　云卷云舒
　　　　陪你书锦绣
　　　　　　——读家　读国　读魂

将军 你不要流泪

一场共和国前所未有的抗灾大营救，在十多万平方公里的地震灾区展开，一百多位将军率十多万大军出生入死、决战疆场。他们中间有共和国的少将、中将、上将……他们彰显着人民子弟兵的忠诚，也有着壮士的侠骨柔肠。废墟旁，一位少将为一个压在废墟中曾有生命体征的孩子未能及时救出而老泪纵横……

恶魔撕裂大地 山河破碎
苍天垂泪 沧海垂泪
你领命临危
　　千军万马 振臂一挥

当百姓饥寒交迫 生命垂危
江河垂泪 草木垂泪
你劈山开路
　　关山飞度 无坚不摧

当大山将学校吞噬 青春被毁
山川垂泪 生灵垂泪
你指挥若定

声若惊雷　骁勇无畏

忘我　肩负着使命的忠诚
搏击　构筑起救生的堡垒
顽强　燃起一支支希望的火炬
奋争　奋争得无怨无悔

目睹家破人亡　仰天长跪
　　　你饱含着泪
环顾片片废墟　残肢断臂
　　　你强忍着泪
面对儿亡母悲　撕心裂肺
　　　你抛洒着泪
闻听一声声被救的生命的呼唤
　　　你纵横着泪

将军　你不要流泪
军人有责不洒泪
老百姓的天平上有你们的视死如归
孩子们的记忆中有叔叔擎天的光辉

将军　你不要流泪
男儿有爱不弹泪
共和国的史册里有你和你的团队
华夏儿女的心目中有你们的丰碑

将军 我们不流泪

大爱筑忠魂

　　大难显军威

国殇盼忠良

　　国兴有我辈

(2008年5月)

井冈抒怀

井冈竹
秀群峰
劲节显恢宏
百里碧涛连天起
燎原之火赖工农
朱毛舞大风

井冈松
云霄中
铁骨傲苍穹
腥风血雨立潮头
金戈铁马炮声隆
大任伴忠诚

井冈云
几多情
凄切埋心中
娇妻送郎上战场
慈母痛别儿远征
无情胜有情

井冈碑

祭英灵

四万未了情

胸怀大众忘生死

献身主义照汗青

漫山杜鹃红

井冈灯

连天明

八角有雄文

茨坪霓虹醉游人

干院寂静有书声

夜半灯笼红

井冈月

率群星

朗朗览长空

抚今追昔民为本

先贤创业我守成

和谐奔大同

(2008年9月)

茨坪题照

一

一张老兵和小兵的照片
一幅尘封已久的画面
尚有秋收起义的余温
犹闻围追堵截的硝烟

小兵说：首长 很酷
你有南昌起义的威武
你有弹尽粮绝的乐观

老兵说：小鬼 很甜
你有朱毛小道的熏染
还有走投无路的历练

照片已经模糊
历史归于平淡
却承载着——
曾经的"酷"，久远的"甜"

二

一张中年与少年的照片
一幅久违了的红色经典
衣衫褴褛但透着向上
瘦骨嶙峋却英气冲天

少年说：真好！在你身边
虽然一无所有
但我有了信念
微微的笑容中有座巍峨的碑
细细的皱褶里有名利的恬淡

中年说：真好！与你为伴
虽已日近西山
但我们的事业有明天
为了主义奋斗的路会走得很远
打磨的人生定会色彩斑斓

照片虽然已经发黄
精神却定格在永远

(2008年10月)

走进延安

走进延安
　　带着久违的期盼
再听听苍凉的信天游
再看看奔放的山丹丹

走进延安
　　带着对红的眷恋
看一眼杨家岭的五角星
吃一口老房东的小米饭

走进延安
　　带着对奋斗的感念
握一握南泥湾的老镢头
刨几颗香喷喷的山药蛋

走进延安
　　带着鱼水情深的甘甜
摸一摸那块人民救星的匾
重温为人民服务的庄严

走进延安

我知道

群众是本

    乡亲是船

百姓是地

    民心是天

走进延安

我明白

成功的背后

有邻家老汉送的军粮

有房东大婶纳的鞋垫

还有手推车、小米饭

信天游、山丹丹……

走进延安

我清醒

忘记过去就意味着背叛

谁忘记了曾经

曾经就会让他加倍偿还

守甜理应思苦

饮水更当思源……

(2010年7月)

三沙　祖国和她的士兵

大海深处
一双守望的眼睛
波涛汹涌
一种孤独的忠诚

烈日 42 度的灼烤
战士　目光炯炯
汗水浸透了泛白的军装
黑红的脸庞溪流纵横

似雕像　纹丝不动
如鹰隼　将目标搜寻
海鸥是祥和　海燕如精灵
海龟是恬静　鲨鱼是顽凶

我说："照张相吧"
你摇头，汗珠在鼻尖晃动：
"不行，下岗了，才能合影"
坚毅　真诚　憨实　威猛

面对青春，我鞠躬：

"孤独的守望 向你致敬"
你说:"守护,家才完整
孤独,但我光荣"

哦,孤独的光荣
祖国神圣
哨所神圣
哨兵神圣
这 就是祖国和她的士兵

(2013年4月)

我用心把你丈量

——新疆随想

我用心把你丈量
天山凛冽的雪水
阿尔泰高耸的脊梁
伊犁河汩汩的清流
塔里木骄傲的桅樯
一手牵着清澈
一手驭着激浪
啊 我的新疆

我用心把你丈量
喀纳斯深秋的飞红
帕米尔飞雪的喧响
博斯腾午夜的流萤
博戈达晚照的辉煌
一手挽着羞涩
一手携着豪放
啊 我的新疆

我用心把你丈量
吐鲁番金秋的玲珑
阿克苏诱人的稻香

准格尔辽阔的粗犷
昆仑山稀薄的暖阳
一边通向西域
一边牵着大唐
啊 我的新疆

我用心把你丈量
巴里坤散落的毡房
大草原悠扬的牛羊
和田玉雍容的剔透
胡杨林威武的张扬
一手抚摩生活
一手捧着理想
啊 我的新疆

我用心把你丈量
小伙子矫健的身影
姑娘们柔美的面庞
葡萄树下忘情旋转
夜空中天籁的交响
一手拎着艺术
一手擎起梦想
啊 我的新疆

我用心把你丈量

我用情为你梳妆

(2009年12月)

李庄,你好

蜀南 一个不起眼的村庄
原本是生产粮食的地方
外敌入侵 无以为学
流离颠沛 国破家亡
乡亲们节衣缩食将学子收留
于是这里生生不息 生产思想
将仇恨化作向学的力量
这里铸造着民族的希望

江边 一个不大的处所
原本是休养生息的地方
硕儒云集 简室陋巷
知识救国 文化图强
战火中播种着知识
苦难里挥笔做刀枪
全国瞩目的抗敌文化重镇
屈辱中撑起不屈的脊梁

我穿行在李庄
孩子们走街串巷
探访古色 寻闻古香

抚摸水稻 瞻仰荷塘
打捞积淀 感悟悲壮
体味深情 重温国殇
这里有诗这里有歌这里有梦
这里有中华民族曾经的力量

你好！同学 你好！老乡
你好！先生 你好！李庄
你好！闪光的沧桑
你好！久违了的高尚

(2015年5月)

附记：

感谢李庄

70多年前，日寇侵略，杀我同胞，毁我文化，大半个中国容不下一张学者的书桌。1939年，同济大学五次搬迁仍被敌机轰炸，酝酿迁川，而接受地区多有压力。宜宾闻讯，发电邀请："同大迁川，李庄欢迎，一切需要，地方供应。"随后，国立同济大学、金陵大学、中央研究院、中央博物院、中国营造学社等十多家教育研究机构迁驻李庄。一时学人云集，大师齐聚，坚守教育，传承文化，坚持研究。仅有3000

人的江边小镇，以博大的胸怀和气魄接纳了一万多文化人。

于是，故宫几经辗转存放在这里的一万多箱文物，长达六年，毫发无损；于是，梁思成、林徽因在这里殚精竭虑写下了皇皇巨著《中国建筑史》；于是，童第周教授团队在这里凭借简单的设备开始了中国最早的克隆技术研究，他所取得的生物胚胎研究成果，居世界领先地位，撰写的多篇高质量的论文在国内外连续发表；于是，同济大学医学院关于软骨病防治研究成果丰硕；于是，这里成为中国抗战时期具有国际影响的文化中心和学术重镇。英国著名学者李约瑟在这里考察之后感慨："这是不可思议的奇迹！"于是，中国李庄，名满中外。回望李庄，我要说：感谢李庄！

青春的备忘 追怀

——知青岁月之一

我将青春备忘
青春给我梦想
我将青春备忘
青春令我迷惘
我将青春备忘
青春给我希望
我将青春备忘
青春送我翅膀

————题记

一

遥远,似乎已化作缕缕轻烟
  恍如隔世飘摇的梦幻
遥远吗?并不遥远
  好像就在昨日,就在眼前……
一段屡屡回首的沉重岁月
一段改变人生的非凡历练

有人说,忘了它吧!

把人生最美好的时光交给了苦难
还有什么不舍与眷恋？
有人说，别提它了！
不过是一些青年受了点风风雨雨
过了些沟沟坎坎 有些凄凄惨惨
有人说，控诉它吧！
让上千万青年接受远离知识的实践
留下的是一个民族遭受重创的遗憾
有人说，反思它吧！
磨难使青年
学会了做人，学会了勇敢
学会了坚强，学会了面对凄凉与惨淡
有人说，诅咒它吧！
我们的民族要学会理智
让荒诞不再重演
……

二

在"浪漫与空想"的旗帜高高招展的天空
蒙昧、盲从、狂热与声嘶力竭的呐喊……
于是——
真理被谎言扭曲、遮掩
理性被愚昧凌辱、强奸

怎能忘？！
　　风　撕扯着正义的碎片
　　雨　浸淫着良知的衣衫
　　知识遭受了灭顶之灾
　　文明走进蒙昧的深渊……

怎能忘呢？！
　　那是一千多万少男少女的青春大迁徙
　　那是精神的流放
　　那是肉体的考验

少年不识愁滋味——
　　年轻人的幸福往往不知甘甜
　　年轻人的苦难往往混杂着浪漫
　　当苦难剥夺了理性将理想流放
　　我们也有过年轻特有的欢乐、轻狂与达观……

在我的心中潜藏着一幅幅老照片
　　泛黄
　　常常掀起内心的波澜

我们曾经虔诚——
　　伟大领袖的一声令下
　　　　不经风雨何以见世面
我们如战士出征

怀着"大有作为"的信念
　　　犹如当年百万雄师下江南
车站
　　　锣鼓口号的喧响将青春之火点燃
　　　胸怀着热望，通体充盈着庄严
送别
　　　激情遮掩了
　　　　　母亲们的唏嘘
我们高昂着骄傲的头
　　　假装视而不见
……

三

我们曾经浪漫——
　　　绕村的小河波光点点
　　　月笼的草原诗意盎然
　　　大漠绵延如此傲岸
　　　漏风的家也洋溢着勇敢

犁地
　　脚下泥花飞卷
扬场
　　地上金花四溅
翱翔

在沙丘上翻腾
纵马
　　地阔天宽
于是——
　　忘情的笑声将大漠点染
　　世界如此奇妙
　　我们流连忘返

我们曾经真诚——
　　地头田间
　　　　耕耘、播种、除草、施肥汗流浃背
　　　　讲述外面的世界将文明的生活承传
　　政治夜校
　　　　夜夜灯火阑珊
　　　　　　批林批孔彻夜不眠
　　油灯下
　　　　胸怀祖国、放眼世界
　　　　　　手捧雄文四卷
　　面对艰险
　　　　高诵"下定决心、不怕牺牲、
　　　　排除万难……"
　　备战　备荒
　　　　"深挖洞、广积粮……"
　　　　　摸爬滚打、基干民兵紧握枪杆
　　心有芥蒂

默念"要斗私批修"
　　　　狠斗"私"字一闪念
　　初恋时节
　　　　不吐真言 含情脉脉 手不敢牵
　　战天斗地
　　　　苦干 夜战 一往无前
……
当丰收的希望
　　迎来一次次衰草的收获
当大批判的宣言
　　变成人人自危的心惊胆战
理想啊，到底怎么实现……

四

在没有精神的土地上
　　我们"生产着"精神
在没有希望的沙漠里
　　我们"制造着"期盼
在没有英雄的世界上
　　我们"幻化着"英雄
在没有文化的旷野中
　　我们"谱写着"创业的格言
在没有温情的寒风里
　　我们用孱弱的身躯"释放着"温暖

……

不记得了,多少次
　　为看一场电影,步行几十里
　　　　月明星稀、山道弯弯
不记得,多少次
　　为看一个同学,翻山越岭
　　　　几块红薯、分外甘甜
不记得了,多少次
　　破旧的口琴
　　　　伴随着难以言传和莫名的感叹
不记得,多少次
　　精神的会餐
　　　　虚幻的光衬映着通红的脸
不记得了,多少次
　　过度的劳作
　　　　伴随着饥饿与彻夜难眠
不记得,多少次
　　压抑的情怀
　　　　化作二胡哀婉的丝弦

没有小芳
　　生活哪有那么多浪漫?
没有小河
　　我们以大漠孤烟为伴

没有难舍难离的情思
没有辗转悱恻的爱的缠绵
劳顿、孤独、苦闷、无援……
人生的路啊
　　到底怎么走？
　　我们左顾右盼
……

五

一个花季的女青年
赶着驮水的骡子下山
不料，骡子受惊
她被撞到深不见底的山涧
花样的年华，凋零于瞬间
生命残缺，下肢瘫痪
战友们再次相见
　　含泪相向
安慰
　　却不知用什么语言
终于
　　凄厉的哭声
　　带着青春的悲鸣和绝望直刺青天……

他走了

  到生产队仅仅三天
  带着对生活的无限期望和遗憾
  梦中的脸还绽着稚嫩的笑颜：
  "明天、明年、未来应该色彩斑斓……"
  无情的连绵秋水将梦击得粉碎
  一阵轰然
  窑洞塌陷
  生命的交响就此中断
夜，漆黑一片
瑟瑟秋风中遥响着母亲的牵挂：
  "儿啊，出门在外
  要注意安全，千万、千万……"

她走了
  带着悲愤、带着耻辱
  带着对生的绝望
  带着对心上人的深深眷恋
孤苦中，他们相依为命
  心相近、情相牵、意无限
同居 大逆不道
示众 羞辱不堪
于是——
  烈女子饮恨在枯树上
  将命高悬：
  "对不起，亲爱的！

这是我爱的宣言
　　你要活着
　　一定要等到……
　　为我们正名的那天！"

于是，我们终于明白——
　　有的惊恐：
　　　　人生最宝贵的时光
　　　　难道就这样交给无绿的山
　　有的不甘：
　　　　一颗红心不应面对无情的峰峦
　　　　满腔热望不该遭遇冷酷的荒蛮
　　有的绝望：
　　　　每每凝视一个个滴血的黄昏
　　　　不敢奢望　没有明天
　　　　过去的
　　　　只是离人生的黄昏又近了一圈
　　有的死水般平淡：
　　　　只要还有饭吃，能有衣穿
　　　　不要希望，活着就算
　　……

六

不是这样，不全是这样……

当革命的理想以激进的方式来实现
当浪漫的情怀遭受极"左"阴谋的欺骗
当虚幻的追求遭受严峻现实的检测
幻想的破灭生活的无奈就成为必然

盲从的青年常常无识无畏
随波逐流我们也制造了许多麻烦

不知轻重
　　偷鸡、摸狗，屡有前嫌
不计后果
　　打架、群殴，玩世不恭
不堪忍受
　　偷懒、装病，畏缩不前

更深夜半　饥肠辘辘
　　倾巢出动常常损坏将熟的农田
政治斗争　无情批判
　　受极"左"思潮的欺骗却以极"左"面目出现
反右倾　割尾巴
　　将深爱我们的乡亲推到了对立面
……
于是——
　　我们走在了真善美与假丑恶的边缘
　　我们踩上了良知与耻辱间的高压线

七

有人说：
  温室中的花朵
  受了一阵冷雨
  就哀叹、就苦不堪言
有人说：
  城市里的骄子
  受了一阵冷落
  就哀怨、就顾影自怜

苦吗？
  似乎已经超过了承受的极限
脆弱吗？
  似乎应将我们的感受检点

同遭不幸，境遇惨淡
不同的人群却有着不同的表现
面对民族空前的浩劫
看一看身边的乡亲
审视他们赖以生存的家园
  吃糠咽菜
   一身从春穿到冬的破衣衫
   全部家产不足百元

他们却用博大的爱
　　温暖着想家的孩子
　　滋润着孤寂的心田
他们用慷慨的胸怀
　　包容了不谙世事
　　包括我们的缺点

还记得——
　　我们来时
　　乡亲们倾其所有
　　欢迎我们的那顿"晚宴"：
　　　　玉米饼、黄米饭、土豆拌酸菜
　　　　最奢侈的是一人一个鸡蛋
　　他们说：娃娃们，别嫌弃
　　　　我们的理想就是共产主义
　　　　天天能吃上这样的饭

还记得——
　　一位年轻的山村女教师
　　被胃穿孔击倒在课桌边
　　孩子们像天塌下来一般
　　教室里哭声一片：
　　　　"老师，我们听话
　　　　我们不再捣乱
　　　　老师，咱不怕，我们送您上医院"

于是——
  夕阳下　群峰间
  一群孩子　一路呼喊
老师
  忍着剧痛与颠簸
  却品尝着纯真与甘甜
她泪水涟涟：
  我插队七百天
  吃着百家饭
  在房东大婶身上我找到了母亲的影子
  在村姑们身上我感到了姊妹的情缘
  没有乡亲和孩子的爱
  我不会走到今天

还记得——
  我们走时
  乡亲们扶老携幼
村头
  似启封的老酒一坛
大叔们来了
  胸前挂上了一串串红枣
大嫂们来了
  兜里塞满了鸡蛋
村姑们来了
  郑重地一人发一双鞋垫

缝补浆洗 教我们生活的老奶奶
　　颤颤巍巍、步履蹒跚：
　　"娃娃们，常回来，
　　　这里永远是你们遮风避雨的伞……"

耕耙耱犁 教我们干活的老爷爷
　　手摇拐杖、声音发颤：
　　"走吧，走吧，
　　不能再被这穷山恶水磕绊
　　走不动了，回来
　　这儿
　　　还有一群想你们的老汉
　　　什么时候都会有口热饭……"

胸腔被浓浓的亲情填满
泪水被古道热肠弥漫

衣衫褴褛
　　却把情留给非亲非故的小伙儿
饥肠辘辘
　　却把暖送给城里来的青年

纯朴 没有世俗的眉高眼低
善良 不要回馈的爱的咏叹

爱在贫瘠的土地上高尚
虽显琐碎，却义薄云天

苦吗？！
　　他们没有叫苦
冤吗？！
　　他们没有喊冤
　　　默默地将这一切承担
　　　　　泪水却往肚里咽
要不——
　　咋有夜半旷野凄凉的信天游
要不——
　　咋有洒在沙蒿林里的泪蛋蛋

八

多少个漫漫长夜
　　我们一次次走进历史深处
多少次瑟瑟秋风
　　我们苦苦地追问答案

为什么
　　昔日老师的镜片
　　　　总是折射着惊恐与不安
　　读书还得偷偷摸摸

　　　　知识变得如此下贱
为什么
　　贫困的土地
　　　　总是弥漫着斗争的硝烟
　　政治上的宠儿
　　　　却是生活中的坏蛋
为什么
　　乡亲们一天劳作
　　　　工分仅值几分钱
　　面朝黄土背朝天
　　　　终年辛劳仍要受饥寒
为什么
　　对假恶丑的厌倦
　　　　只能忍受却不能言传
　　对真理的呼唤
　　　　却要遭受割断喉咙的摧残
为什么
　　荒诞的闹剧
　　在延续五千年的文化积淀
　　凌辱的却是正义、良知与圣贤
为什么
　　祸国殃民的历史
　　势如破竹发生在一夜间
　　不管你是否情愿
为什么

为什么?
几千年的文明古国何以如此健忘
泱泱大国的神经何以抽风似的多变
文明的种子啊!
　　为何如此脆弱
指鹿为马的耻辱
　　为何屡见不鲜

九

苦难送给我一副发育不良的身躯
却送给我一双清澈的眼
在蒙昧的土地上点燃思考的灯
在贫困的泥淖里撑起理智的帆

历史老人告诉我们：
　　理智的丧失必定走向历史的反面
　　封建专制的残酷必将适得其反
　　愚弄人民的政治毕竟不会长久
　　民族的罪人终将交由人民审判

历史老人正告我们：
　　作恶者固然可恶、可恨
　　受害者固然可悲、可怜
　　让作恶者横行的我善良的人民啊

"忠厚"、"纯朴"
难道不是任人宰割的
　　"土壤"和"条件"
难道不值得深思
　　不令人扼腕

苦难在昭示着历史
历史在将科学呼唤
我们期盼着春天
……

十

历史已经走到今天
　　春风送暖,春水潋滟
　　　　春雨润物,春光无限

为什么经受过严寒
　　却屡屡从记忆深处将其"盘点"
为什么炼狱般的生活
　　诅咒它却莫名其妙地情结千千
为什么经受过凄苦
　　却有一种说不清道不明的梦萦魂牵

于是——

后来的成功者认为
　　　这是人生的铺垫
后来的失落者认为
　　　这是倒霉的起点
玩味者以为
　　　这样的经历有点苦涩、有点咸

毕竟　历史走到今天
　　解放思想、与时俱进
　　理性的光芒分外耀眼

是的
　　我们走进过严寒
　　严寒是一本无字的书
　　我们理解
　　　　丰满的人生
　　　　必须不断迎接挑战　常常伴随磨难

是的
　　我们感受了挫折
　　挫折是一所特殊的学堂
　　我们懂得
　　　　真善美与假恶丑
　　　　仅仅一步之遥　就差那么一点点

失去中的得到弥足珍贵
苦难中的感悟穷且益坚

于是——
    我们学会了坚强
        哪怕重峦叠嶂
            风雨如磐与一路艰险
    我们学会了勇敢
        哪怕人妖颠倒
            谩骂恐吓与带血的皮鞭
    我们懂得了忠诚
        哪怕利的诱惑
            名的欺骗与肮脏的金钱

于是——
    我们懂得了坚忍懂得了感恩
        懂得了对土地的眷恋
        懂得了高贵与卑贱
        懂得了真与善
    我们懂得了爱懂得了恨
        懂得了人生的冷暖
        懂得了世态的炎凉
        懂得了关于人的哲学内涵
    我们懂得了祖国 大地 人民
        与我们的血肉相连

懂得了匹夫有责
　　懂得了我勤劳善良的父老乡亲啊
　　不该生活得这样凄惨
责任重于泰山

于是——
　　我们懂得了幸福不是毛毛雨
　　有为
　　　　就必须勤勉、坚忍、不断地锤炼
我们懂得了理想必须脚踩大地
　　人生才有可能灿烂
　　……

十一

历史的长河滚滚向前
我们用青春追忆昨天
愿青春的悲壮进入民族的记忆
愿悲壮的青春成为明天的借鉴
不屈不挠
　　我们无怨无悔
矢志不移
　　我们无悔无怨

胸怀着热望

只要心中的灯不灭
前行
　　　我们就拥有未来
怀揣着春兰
　　　只要远航的帆不偏
耕耘
　　　我们将收获秋的璀璨

生活啊，生活告诉我们
失去了不必喋喋不休地抱怨
得到了无须浅薄、志得意满
人，必须经受得失荣辱的考验

生活啊，生活告诉我们
历史倒退的制造者终将被历史埋葬
但历史的悲剧常常需要一代人承担
不要说我们失去太多太多
我们有责任谨防悲剧的翻版

生活啊，生活告诉我们
民族的崛起需要坚忍攀援
历史的前进需要青春做伴
让我们与祖国一起做青年
让我们与祖国以年轻共勉

我们将风雨兼程、漫道雄关
放飞青春中国的美好明天

（2006年7月）

青春的备忘　希望

——知青岁月之二

一种无法阻挠的牵挂
一种难以遏制的生长
岁月　这本薄薄的书
被我翻得很厚很厚
人生　那截短短的路
被我捋得很长很长
记挂　就是这样

总是忘不了
那盘堆满沙土的炕
笤帚一扫　黄尘飞扬
被褥一放　就是我们的床
总是忘不了
那可以看得见天的屋顶
夜半　天空那弯游弋的月亮
窗外　风扒着门
风摇着柳
风打着呼哨的喧响
冷　像蛇一样在被窝里徜徉
哦　生活就是这样

青春绽放着苦涩的芬芳

总是忘不了
天天玉米面 顿顿红高粱
肚子抗议 夜半三更咕咕作响
对了 还有愈演愈烈的
盼着天天能有白面吃的念想
看似微不足道
当时却是比登天还难的奢望
哦 记得
一顿饭曾吃过馒头一斤六两
三个小伙儿一顿曾饕餮半只羊
饥饿考验着胃肠
吃饱曾经就是理想

总是想起
寒秋里村口老屋前那抹暖阳
哥儿几个挤成一团 靠着墙
总是记着
零下二十七度的那个早晨
打井的工地 滴水成冰
朝阳像一团凝固的蛋黄
眼前哈出的气
棉帽上密集的霜
弯着腰 推着杆 拉着纤

我们将口号喊得山响
苦难 历练着坚强
生命在奋争中张扬

总在回味
临走时兜里的那把红枣
大娘说 不要忘了咱这个苦地方
总在追忆
临别时老爷爷颤抖的拐杖
一种难以言表的善良
真诚 打开了泪的天窗

沧桑的回忆常常有诗意
岁月里淘金琐碎有光芒

人生啊
铭记在心的往往是苦是涩是热是凉
当你站到生命的高处
低处的苦涩也是迷人的风光
有些经历看似平常
却能帮你清醒地把人生丈量
有些过往看似恓惶
却有价值伴你走近人生的夕阳

生命啊 有时不在短长

有质量的过往常常起伏跌宕

起得清醒 跌得沮丧

伏得坚忍 宕得激扬

是财富 是营养

是咀嚼生命的食粮

哦 有价值的人生不必是精美的华章

生命 在于希望!

　　人生 需要守望!

(2013年1月)

青春的备忘　生命

——知青岁月之三

我已两鬓飘霜
我已白发苍苍
检点走过的路
审视生命的过往
将视点停留在人生最值得记忆的土地上
大漠　老乡
　　　小河　村庄
回望苦难中的跋涉
梳理跋涉中的思想
捕捉那些属于生命的和与生命有关的光芒

我回望
曾经贫瘠的大漠
一望无际　沙的流
奔腾不羁　黄的浪
荒沙中骆驼的昂首
狂风里红柳的倔强
沙和尚在烫脚的沙土中穿行
麻雀在枯树枝头逆风高翔
沙蒿蒿在焦渴的土地里扎根

苦菜花在干热风中怒放

荒凉的生灵
生灵的守望
守望的顽强
哦 生命就是这样
生生不息
　　　就是一道绝美的风光
这风光给我生命启蒙的力量

我回望
大漠中的人
黑风阵阵 天地苍茫
满身的土 满脸的黄
满嘴的沙子 泛着泥香
只有眼睛和牙齿的运动
告诉我 人还有着人的模样
不抱怨 捂着头 眯着眼
　　耕耙耱犁像牛一样
不叹息 弓着腰 蜷着背
　　人拉肩扛信马由缰
用孱弱的肩挑起我要活着的信仰

严酷锻造着生命
生命在严酷中激扬

雾霾里飞扬着达观的笑声
信天游随着风沙流淌
哦 风雨中的辉煌
　　沙尘里的昂扬
如诗 如画 如歌 如酒
坚定 坚毅 坚忍 坚刚
它成为生命的因子
伴我走遍人生的每一个地方

我回望
衣衫褴褛的大娘
在灯下给我们缝补衣裳
我回望
饥饿线上挣扎的乡亲
送来了村里最奢侈的口粮
尽管是玉米面
　　尽管是红高粱

苦难不垂青哀怨
苦难不待见空想
奋争 我们在为吃饱奔忙
我知道这就是生活
这就是百姓原本的模样
他们是大地的脊梁
祖祖辈辈

默默无闻
地老天荒
终于
　　我明白我就是百姓
终于
　　我知道我也是脊梁

噢　岁月让我充实
　　　现实让我感伤
我苦恼
今天的生活如此丰裕
却有那么多贪婪与哀伤
我纳闷
今天的生活如此斑斓
人们却有那么多非分之想
我不解
今天的世界如此开放
许多人却看不见自己的家乡
常常向往别人家中的月亮
我困惑
平时有那么多频繁的交往
却常常孤独　常常孤芳自赏
人　应该把灵魂安放在什么地方

也许我是九斤老太式的担忧

也许我是杞人忧天式的臆想
人活着总应该干净乐观向上
人应该活出属于自己的芬芳
也许是人到暮年的胡思乱想
也许是夕阳西下的东张西望
还是回归大地吧
做一个母亲的好儿郎

哦 往事已成沧桑
　　生命邀我回望
为什么我的心中饱含着热望
因为我的身边还有那么多善良
为什么我不敢有丝毫虚妄
因为我的周围还有那么多期待的目光
为什么我依然坚守着理想
因为每天都有一轮新的太阳

我已两鬓飘霜
我已白发苍苍
噢
我乐观 我柔韧
我知足 我坚强

(2013年11月)

青春的备忘 故乡

——知青岁月之四

一

静静地你看着我
故乡,我轻轻地说

摸摸村口的那株老槐树
想起青春的生涩
看看一望无际的青纱帐
想起曾经无法无天的蓬勃

咬一口久违的山药蛋
捡回无助的饥饿
吸一口大漠久违的风
回味他乡异客的孤寂与苦中的乐

抽一口辣辣的旱烟袋
想起夜读油灯疲惫的灯火
喝一口凛冽的清泉水
目送昨天走来的河

树依然高耸
河依旧清澈
人依然纯粹
心仍然辽阔

回望往往有凄楚
心底每每有心得
酸甜苦辣是音符
岁月已成无字的歌

采一缕白云
做心花一朵
拂一把乡愁
不再抱怨生活

故乡,我轻轻地说
你默默地看着我……

二

你说:来了,来了!
我说:来了,来了!

你说:老了,老了!
我说:老了,三十五年了,都老了!

你说：变了，变了！
我说：变了，路也找不着了，都变了！

你说：日子好了，好了！
我说：好了，真好了？好了，就好了！

你说：喝了，当年咱没酒，都喝了！
我说：喝了，喝了，都喝了！

你说：醉了，醉了，快醉了！
我说：醉了，醉了，都醉了！

你说：身体罢了，罢了！
我说：保重，保重，不能罢了！

你说：走了，走了。不走了？！
我说：走了，走了。心，不走了……

(2011年7月)

大爱无垠①

青海湖的红嘴鸥来了
吟诵着：熊宁、熊宁……
玉树州的布谷鸟来了
鸣叫着：永恒、永恒……

没有惊天动地
一切都很普通
一个女孩儿用自己的善良
感动了一座古城

不是大智大勇
一切都很淡定
一个青年用自己的生命
让两个民族为之动容
将温暖送给最需要暖的孩子
尽管自己并不是富翁
把温情送给最需要情的贫穷
尽管自己常有着无助的困窘

的确普通
只做了任何一个有爱的人

都能做的事情
用自己孱弱的肩挑起救孤的梦
执著，担当得辛劳但却平静

的确淡定
要不是发生意外
你所追求的爱
　　　还将延续着默默无闻
用含笑的热抚慰孤苦伶仃
真诚，付出的平凡但却恢宏

谁说今天只剩下了金钱的冰冷
你用滚烫的心诠释了爱的永恒
谁说今天只有世俗的冲动
你给冰雪的世界送去美丽的火种

唐古拉的雪水冻了又化了
　　　折射着一个柔美的身影
钟楼的钟声停了又响了
　　　传扬着一个悠悠的英灵

青海湖的红嘴鸥来了
吟诵着：大爱无垠、无垠……
玉树州的布谷鸟来了

鸣叫着:永恒、永恒……

(2008年5月)

---

① 熊宁,女,1978年8月24日生,陕西省西安市人,热心公益。在自愿赴青海省玉树救助雪灾群众时,于2008年3月10日不幸遭遇车祸身亡,被誉为"西安最美的女孩"。熊宁先后被追授陕西省优秀青年志愿者、青海省优秀青年志愿者、中国杰出青年志愿者,荣获中国青年五四奖章、"全国三八红旗手"称号,入选2009年全国道德模范。

呼唤①

没有雨的日子
风在将你呼唤
微风中感受大爱的情缘
泪水模糊了你的容颜
我们期待得太久太久
分别却如此简单
请告诉我，你在哪里
我将用心把你陪伴

没有风的日子
雨在将你呼唤
细雨中倾听微笑的无言
山花释放着芬芳的温暖
我们渴望得太久太久
远行却如此突然
不要告诉我，你在哪里
你已走进我的心田

(2008年12月)

---

① 这首诗是作者为电影《清风碑》所写的主题歌歌词。

拉着你的手

拉着你的手
跟着红星走
满怀热望铁马冰河
随你竞风流

拉着你的手
跟着希望走
山高水长风疏雨骤
伴你写春秋

拉着你的手
追着太阳走
无怨无悔云卷云舒
陪你书锦绣

拉着你的手
朝着明天走
心无旁骛长歌劲舞
与你共回首

(2010年7月)

关于你

——谒胡适

依着山
　　怅望着故居
仿佛依旧坐在书房的沙发里
大脑是否还在小心求证
　　思绪是否还在认真推理
若有所思
　　碧空如洗
与天对话
　　风在私语

傍着树
　　聚焦在无涯的绿
好似旅途中的一次小憩
还在宣讲着少谈点主义？
　　正在解读哪几个问题？
天方夜谭
　　国内国际……
守望家园
　　一目千里

一切似乎刚刚开始
　　　讨论尚在继续
曾经
　　　中国因了主义而有了精神的大旗
　　　这似乎和你的呐喊有着联系
曾经
　　　社会因着攻克难题而生生不息
　　　是否也有实用主义的哲学功绩
你曾奔走呼号
　　　为了文学为了民族为了抗日战争的胜利
你曾高擎大旗
民主　科学　教育　文化　文明　文艺
你曾红极一时
诸子百家　跨界学政　学贯中西
有时也曾声名狼藉……
你坦然　你淡定
你超然　你奋力
家国情怀
　　　不离不弃
守护精神
　　　矢志不移
你　还是你

时光已过了半个世纪
岁月难掩前额的睿智与勃发的英气

镜框中的双目依然宁静致远炯炯犀利

大地说：生命的轨迹必然有高有低

青山说：木秀于林常常有毁有誉

于是 你就是你

大山拥抱着你

清流环绕着你

文化沉淀着你

思想追怀着你

后学记挂着你

胡适！

天地间 有一个大写的你

（2012年5月）

悠远的芬芳

——谒邓丽君

看你的时候你已到了天上
柔软的旋律在暮色中飞扬
游人踏着硕大的琴键
追怀天籁的绝响
肃然
晚霞中游弋着如血的残阳
静默
恍然你就在身旁

一个女子的生命
因着旋律而延长
草在低吟
  叶在浅唱

看你的时候
你已成为领舞的"舞娘"
洋溢着柔
  通体金碧着辉煌
散发着美
  飘逸无限的遐想

倾听
　　山风与小城故事的交响
回味
　　路边的野趣与告诫的花香
朴素的往往会有恒常的品质
属于大地的就有悠远的芬芳

　　　　　　　　（2012年5月）

怀于谦①

于谦祠位于西子湖畔三台山麓。晨起邀友前往。

披风踏露拜于谦
英魂回望草木鲜
清白常遭贪腐辱
向背自在山水间

(2013年9月)

---

① 于谦是明代的民族英雄,与岳飞、张苍水并称为"西湖三杰"。他曾率兵破瓦剌之军,保卫京师安全。于谦为官清廉,性固刚直,不趋炎附势,颇遭众忌,被诬陷致死。于谦也是一位有名的诗人,他的"粉身碎骨全不怕,要留清白在人间",激励着一代又一代人。于谦死后多年,沉冤得雪,明孝宗下旨在今浙江省杭州市三台山麓、西湖乌龟潭畔修建于谦墓和祠堂,供后人在此凭吊。清代诗人袁枚就留有"赖有岳于双少保,人间始觉重西湖"的诗句。

登昭陵①

太宗何壮哉
巍峨迫九天
远眺太白雪
坐拥大秦川
贞观名千古
镜鉴正衣冠
民似千江水
舟行万重山

(2009年5月)

---

① 昭陵是唐太宗李世民的墓,位于陕西省礼泉县城东北的九嵕山上。昭陵依九嵕山峰而建,凿山建陵,开创了唐代封建帝王依山为陵的先例,是我国帝王陵园中面积最大、陪葬最多的一座,也是唐代具有代表性的一座帝王陵墓。它是初唐走向盛唐的实物见证。

第四季

深山春水晚来急
　　　邀我忆沧桑
　　　　　　——读山　读水　读花

秦岭　我和小鸟的对话

你在枝头雀跃：
"来了　来了"　欢天喜地
我从山脚攀爬：
"啊哈　来了　来了"　气喘吁吁

你在空中翱翔：
"欢迎　欢迎"　芳草碧碧
我在山间奋力：
"谢谢　谢谢"　大汗淋漓

我在峰头览胜：
"绿了　绿了"　忘形得意
你在身旁缭绕：
"美了　美了"　翻飞嬉戏

我在花海里流连：
"开了　开了"　魂在彩中游弋
你在花苞间调皮：
"醉了　醉了"　得意得意

我在山间盘旋：

"堵了 堵了" 万分焦急
你在路旁同情：
"乱了 乱了" 为我焦虑

我在农家小聚：
"美味 美味" 乐此不疲
你在河道旁哭泣：
"脏了 脏了" 盯着垃圾

我在树下腾云：
"神仙 神仙" 飘然欲起
你在耳畔喳喳：
"灭了 灭了" 悲在心里

小鸟在流泪：
我的家也是你的家
爱护家就是保护你
你咋就不知珍惜自己
我找谁去讲理？！

(2013年4月)

思
——忆山

感受你的律动 梦中
耳畔流淌着澄澈渐近的足音
树和风私语
鸟儿
用银铃写下清新的黄昏

如泣的琴声
婉转着月光如何发疯
如诉的草色
描摹着日光如何思春
百花要开了
鱼儿啊 牵动我心

我将弹起绿色的五弦琴
陪鱼雀跃 伴鸟欢声
不辜负这难觅的葱茏

可是 梦醒了
树枯了 叶黄了 鱼病了
何时才能找回那个绿梦

(2013年2月)

致敬

——给山

就这样记挂着
像云 像雾 像风
浓浓的 淡淡的 飘飘的
一个挂在山巅的梦
一种天与地的交融
噢 我致敬

就这样追怀着
如诗 如歌 如梦
醉醉的 柔柔的 萌萌的
一坛存在山里的凛冽
一种透明的神圣
噢 我致敬

就这样回味着
如醉 如痴 如虹
悄悄地 慢慢地 热热地
一种胸襟江河的斑斓
一种五彩缤纷的包容
噢 致敬
山中那片不灭的葱茏

(2013年2月)

武当与瓦当

我从秦川来
揣着汉朝的瓦当
一直潜意识地以为
武当就是一片瓦

今天我来了 在云中……
哦 在太极瓦的屋檐下
发现和谐 感受宁静
咀嚼福寿 放眼天涯

在云里清理浮躁
在雾中赶走浮华
给灵魂做一个安宁的家
人的心中该有片遮风挡雨的瓦

(2015年6月)

武当山的我

离你曾经那么远
我在生活
　　　从来不敢论道妄说
离你今天那么近
我在寻觅
　　　伸手就可将你触摸

我在云里，云里有你
你在天上，天上有我
你是云，云在缥缈
我是雾，将你婆娑

你是那么远
我知道浑浑噩噩
　　　就没有高谈阔论的资格
你是那么近
我明白只要真诚
　　　就可能是真理的创造者

在天上　我悄悄地依着你
在空中　你静静地悟着我

我恍然大悟

人必须有理地活着

清醒地 柔韧地 干净地……

（2015年6月）

终南遐思

辋川的水
　　　绽着花
携着灵光
泛着妙想
叮咚着凛冽
带着王维的诗
　　　奔向太阳

太乙的雾
　　　挥着纱
含着芬芳
一路缭绕
汹涌着迷惘
披着李白的梦
　　　走向苍茫

蓝关的雪
　　　舞着袖
漫天飞扬
挥挥洒洒
翩跹着酣畅

韩愈的马蹄
　　　在雪幕里钝响

翠华的石
　　　望天长
嶙峋昂扬
守望秦川
穿越沧桑
见证帝都
　　　落日的辉煌

　　　　　　　　　　（2014年3月）

秋走牛背梁有感

终南之南好风光
山外有山韵幽长
长瀑遥挂天上走
群峰披彩雾中苍
牛背峰头看南北
秦巴丰硕关中黄
路断人稀绝胜处
满目红叶散秋香

(2008 年 11 月)

秦岭

神州一横划南北
一路奔腾向西东
坐拥华夏礼乐地
守望周秦汉唐风
苍龙巍峨三千里
长卷峥嵘展画屏
我问天公何壮美
天公遥指大秦岭

秦岭有多高　傲岸迫九重
秦岭有多重　炎黄千古情

（2015 年 10 月）

江中的乌篷

大江东去
　　　江中一叶乌篷
艄公独秀
　　　领一江神韵
　　　摇浩浩江风
脚踩浪涛
　　　头顶苍穹
携两岸群山
　　　如领百万兵
单薄 却举重若轻
孤独 将天地包容

东方熹微
　　　夜空一颗启明
　　　独秀长空
给暗夜希望
　　　为理想点灯
心怀着憧憬
守望着光明
暗淡的日子留一份清醒
守望的日子为坚强送行

(2013年1月)

嘉陵江随想

曾经
一江萧瑟弥漫着愁
曾经
一江风华飞扬着不尽的风流
腥风血雨的中国
走到了十字路口

歌乐山
光荣与梦想
卑鄙与阴谋
正义与邪恶
在这里厮杀 交手
白公馆
光明被黑暗凌辱
凌空的鞭子激起忠魂的怒吼
渣滓洞
高尚被龌龊玩弄
罪恶的竹签无奈高贵的头
主义在烈火中永生
生命在杀戮中蓬勃 孜孜以求
叛徒偷生了

乞求所谓的荣华 所谓的富有
却沦为小丑
被江河唾弃
被大山诅咒
高贵者夭折了
可能被下流封喉
但却神风神韵神采依旧
江姐坚忍
用孱弱的肩挑起大义
陈然坚强
用大笑和脚镣续写春秋
许云峰坚定
用淡定走到生命的尽头……

历史已经翻过很久很久
大山这样呼喊
江河这样倾诉
一个人如果没有了精神
就如同行尸走肉
一个人如果只有物欲的追求
那就只配做金钱的走狗
纸醉金迷的满足是可悲
弹冠相庆的欢乐是可怜
声色犬马的炫耀是卑微的作秀
精神高贵

人生才可能风流

生命雍容

世界才可能风流

(2011 年 7 月)

云雨

乌云
拉长了浓重的身影
扯出水色灵动的披风
在山谷中跳跃
在群峰间奔腾
嘈杂的清凉让世界空蒙

豪雨
斟满山野间无数个酒盅
在山头 干杯干杯
在山涧 叮咚叮咚
云雨
洗礼着大地的葱茏

太阳醒了
天际悠然着彩虹
在云与光之间
游走着利剑一柄：
不要一味地留恋光明
生命常常需要冷静

(2013年3月)

雨点儿

雨点儿
如顽皮的小姑娘
披着风 突发奇想
乱闯
送来久违的凉
就在昨天晚上

天亮了
姑娘不知去向
随风走了
风依旧在张扬
她可知道
有人在想 还有爽

(2014 年 7 月)

雾

增加了多少诗意
送来了多少空蒙
隐藏了多少糊涂
埋没了多少清醒

糊涂时
糊涂 似乎清醒
清醒时
清醒 恍若糊涂

糊涂时需要清醒
清醒时不妨糊涂
哦 生活 雾……
别忘了幸福……

(2014年1月)

沙湖随想

一

一湖碧水摇荡一池冷清
夕照把大漠染得彤红
晚归的鸟群亲吻着银浪
一弯新月醉了鸟鸣

二

黄昏的驼队拉长跋涉的剪影
驼峰　在天际高耸
大漠　苍茫
向前　开启孤独的远征
以光荣的名义为苦难壮行
用苦难为光荣正名
以迎接黑暗的姿态寻找光明

三

芦荡的叶
摇碎一池冷月

涟漪化作相思的五线
低音是织女牵挂的波
高音是牛郎追寻的澜
梦醒了
遥问嫦娥　乐在何处？
天上人间？

四

芦荡　碧水　飞艇
大漠里流淌着江南的风
蓝天　黄沙　驼峰
夕阳下游走着西北的情
隽永　有着浩瀚
浩瀚　透着空灵
南与北在这里造化天成
掬一泓碧水滋润大漠
吹一把芦花送去柔情
于是就有了塞上的风华
有了江南的神韵
就有了塞上江南的别称

(2012年6月)

题日月潭[①]

日月潭
碧水蓝
清波荡长天
山水相携伴日月
晓风近远山

日月潭
起微澜
银浪舞翩跹
老翁独钓欲成仙
游人眼欲乱

日月潭
晓月残
一湖雀声喧
吴刚伴我向天去
夜静人未眠

日月潭
意无限
情思两绵延

隔海相守六十载
和弦盼月圆

(2009 年 10 月)

---

① 日月潭,位于台湾南投县鱼池乡水社村,由玉山和阿里山之间的断裂盆地积水而成。以珠子屿(光华岛)为界,北半湖形状如圆日,南半湖形状如弯月,日月潭因此而得名。它是台湾最大的天然淡水湖泊,有"海外别一洞天"之称,堪称明珠之冠。

红叶与我的人生对话

一

不要看我
我只是一片叶
再红再火也只是一片叶
当冬来的时候
也会凋谢
飘落在寂寥的旷野
一切的一切都会没感觉

不要看我
我只是一片叶
想努力握住整个秋
却抵不住季节的凛冽
我会腐成土 我会化作埃
最终泯灭

我只是一片叶
也渴望潇洒地飘落在爱人的肩头
从此长厮守
笑看风霜雨雪 目空一切

我只是一片叶啊
大地 没有你
我就失去了整个世界

二

红叶 莫悲伤
你是世界上最美的一片风光
生活因你而有了怒放的华章
人在看红装 也在悟沧桑

红叶 莫沮丧
你明媚 你丰硕 你辉煌
你已夺目芬芳
人在看辉煌 也在悟无常

红叶 莫悲怆
纵然随风飘落
大地也将随你悲壮苍凉荣光
我目送你升腾飞扬

三

人生不可能永远辉煌
总有无奈 常伴迷惘

生活　原本就是这样

不必为莫名的惆怅而感伤

不必为脆弱的感伤而惆怅

少一点欲望

达观　坚忍　坚强

向着明天

哪怕明天还看不到希望

天塌不下来

塌下来还有大地　这个肩膀

(2011年10月)

花与人生

你绽放的时候
我在身边
分享着你的浪漫

你繁茂的时候
我在身边
观察着你的灿烂

你丰硕的时候
我在身边
研究着你的丰满

你凋零的时候
我在身边
同情着你的凄然

你落地的时候
我在身边
咀嚼着你的淡然

哦 一面镜子

繁盛 衰老 光荣 平凡
我明白该坐北还是向南
衰老的时候悟天地
平凡的时候做神仙

（2013 年 3 月）

花的念想

喜欢含苞欲绽的模样
用自信点燃五色的希望
含蓄 单纯 并且端庄
默默地蓄势 悄悄地奔放

品味花落一地的感伤
铭记落寞 寂寥 还有惆怅
感念蝉蜕般的成熟
淡定地走向丰硕的时光

喜欢花开的声音
心仪五彩的张扬
怀念花的时候放飞翅膀
没有彩的日子咀嚼芬芳

(2014年7月)

花在感叹

花　绽了一树
汹涌澎湃
春来了
美在做爱

雨　摇落花海
缤纷徘徊
春走了
花在悲哀

果　爬满枝头
流光溢彩
秋深了
花在　美在

哦
还有　我在

（2014年8月）

落花

曾经斑斓着斑斓
无法无天的光荣
如今落英缤纷
摇动着五线谱的风
痛楚 一地彩色的眼睛

大山朴素的声音
将你的眼神抚平
繁荣啊
只是生命历程中的历程

繁华落尽
朴素的清醒
清醒的淡定
花若人生
哦 那一地彩色的眼睛
　　眼神如此平静

(2014 年 4 月)

秋枫

不是因为激动而动容
　　不是因为丰硕而火红
经历过灿烂
　　已经羞于激动
历经了沧桑
　　一切已归于淡定
既然来到了这个世界
　　就应献上一份真诚
尽管来去匆匆
　　哪怕明天就将凋零

（2013 年 9 月）

红叶,你好!

带着秋的丰硕
与大地共同狂热
携着生的执著
让群峰升腾起蓬勃

当一簇簇光把群峰点燃
满目的飞红昭示着鲜艳的磊落
于是"红叶,你好!"我说

带着久违而梦幻的亮色
世界因你而鲜活
送给世间飘零前精彩的一搏
这辉煌洋溢着顽强的品格

当漫天的叶扶摇直上
我们便有了大山巍峨的斑斓与宏阔
于是"红叶,你好!"我对你说

伴着朝霞而起
峡谷间奔腾着流韵的曙色
随着夕阳而落

暮色里涌动着一团团暗火

用红回望曾有的青春
用艳呼唤明天的绿波
于是"红叶，你好！"我对你说

(2010 年 11 月)

叶的联想

赴台考察,于台北拍得《水中叶》一幅,由此产生关于叶、关于生命、关于人生的联想

几片落叶
就是一个春秋
纵然无足轻重
也有着属于生命的别样的感受

绿的蓬勃
黄的丰硕
橙的坚守
寒来暑往的轮回
一往情深的等候
风花雪月的挥洒
烟雨迷蒙的行走

随风伸展着
伴花成熟着
随雪飘零着
与月永久着

尽管只剩下这水、这叶
这水中的风流
依然用凄美的身影
点化着诗意的残秋

(2010年3月)

第五季

清醒有真谛
朦胧有诗情
——读夜 读心 读爱

失眠的记忆

昨晚 失眠了 好像做梦
一会儿上了天堂
带着小朋友在雪山捉蜻蜓
蜻蜓飞了
小朋友却成了精灵
一会儿回到大地
随着教授在课堂上
梳理人生
教授是美女
她留的作业是友谊爱情
我不会做
心里只有真诚
一会儿下到地狱
黑暗中向着光明
牵着女儿艰难独行
丫头耍赖 不走了
我背着她
东方已有了虹

(2012年8月)

夜的眼睛

夜里的灯笼热烈绯红
恍若一串飘摇的眼睛

灯影摇曳
　　笑语群星
星携着灯
　　灯拥着星
群星观灯海
　　灯海簇群星

品茶
　　将星星放入杯中
望月
　　把灯笼揽入怀中
把酒
　　让星星走进灯笼
问天
　　送灯笼扶摇长空

于是
醉了灯笼

红了星星

美了夜空

花了眼睛

(2010年4月)

金秋的某一天

一

金秋里的某一天
我珍藏一坡枫叶
把这个日子记住
然后
用蓝色的句子
把它养在诗歌里

有些过往
多年之后就会长成一片树
等着那群叫作杜鹃的鸟回来
啼满枝头

二

心弦总是
被不听话的秋风牵动
在古都明月的夜

多少年后 我希望

我们依然在寻觅那片红
还有那簇叶
牵着秋在秦岭深处
你依然热烈
漫山的你
摇曳着属于诗的中国红
织就摇曳的中国结
我们是呵护的杜鹃
你是一片刚出窝的红红的雀
叽叽喳喳 漫山遍野

夜深了
窗外一轮冷月
古都的夜

(2011 年 12 月)

夜静 夜静

——人生回望

尝忆大漠务农
夜战残月挑灯
冷衾蜷身将息
又闻出工钟声
无情 无情
搅乱饕餮美梦

难忘大学追梦
孤灯捧读伴星
五更推窗夜探
惊落满天眼睛
天明 天明
东方已露芳容

犹怀中年笔耕
吆女快睡关灯
秉烛肆意挥洒
纵横南北西东
夜静 夜静
依稀子午钟声

如今不惑之身
惯看秋月春风
偷闲偶有佳句
笑悟冷暖人生
怡情　怡情
天地尽入胸中

莫道岁月无情
尽管霜染双鬓
回望苦乐年华
勤勉敬业忠诚
问心　问心
唯愿无愧做人

(2010年3月)

秋

你赏秋　我吟秋
一束红叶尽望秋
硕果累累览金秋
铅华洗尽看静秋
人生自古皆有秋
莫道天凉好个秋

你咏秋　我叹秋
精耕细作有硕秋
五颜六色绽彩秋
坐吃山空剩残秋
秋风秋雨洗清秋
虚度光阴愧对秋

秋瑟瑟　瑟瑟秋
不怜秋　莫怨秋
哀叹世事是悲秋
拥抱生活有锦秋
心平气和悟长秋
风雨兼程走春秋

(2015年9月)

石头

岁月造就了你的坚硬
沧桑熔铸了你的冷静
卵石是你矫健的玲珑
大山是你伟岸的身影
没有人关心你的孤寂
没有人记挂你的凄清
发现你的是智者
收藏你的是英雄
呵呵 不需要发现
英雄常常悄然无声
不需要关注
孤独中的守望往往真诚

(2013 年 10 月)

板桥怀古

商州区有千年古镇板桥。唐时,温庭筠路过,夜宿晓行,留有"鸡声茅店月,人迹板桥霜"的著名诗句。

古道穿秦楚
千里皆沧桑
当年板桥客
长安赴襄阳
晨起箫声咽
情浓思绪长
晓行秋月净
鸡鸣茅上霜

(2013年10月)

孤独 一本别样的书

总是难忘戈壁滩上那闪烁的火红
总是想起大漠深处那摇曳的一束
孤独 孤独着你的孤独

难忘孤独

怀念它的冷静
怀念它的顽强
怀念它的清醒
怀念曾经的无助

怀念孤独对世界别样的阅读
怀念孤独对人生冷暖的感悟
怀念孤独被动的成熟
怀念孤独蝉蜕般的痛楚

怀念孤独 远离喧嚣
怀念孤独 走出世俗
怀念孤独 与天对饮
怀念孤独 和地会晤
孤独 一本别有韵味的书

(2014年1月)

蜡烛

不要总是将我提炼成精神
燃烧原本就是我的生命
从来没想过奢望什么
只希望被照亮的
也有我一样的赤诚

(2013 年 12 月)

关于爱

为什么要说呢？
难道一个眼神不能解决问题
默默地相守
应该知道心在哪里

为什么要讲呢？
纵然远隔万里
望着一弯孤寂的冷月
就能闻到热烈的气息

为什么要听呢？
难道世界贫乏得只剩这一句
有人明明在说假话
你还在用鸦片麻醉自己

爱是你的感觉 感觉中有我
爱是我的涟漪 涟漪中有你
不是口若悬河的表白
不是招摇过市的豪言壮语

(2015 年 3 月)

生活[1]

小草对石头说
怎么
你总是往我头上坐
实在太苛刻

石头对小草说
不要在我身边硬磨
你的身子骨还孱弱
等长大了再说

大地说
你们都依附我生活
为何这般啰唆
简直没见过

阳光说
生活就是这样难以琢磨
我中有你　你中有我
我扶着你　你靠着我
大家才会有真正和谐的生活

(1981年2月)

① 此诗为作者在大学时代创作并发表于 1981 年的作品。

致独行者

浪迹天涯
用心感觉世界的模样
世界美了
你的心满了
呵呵 一个女孩子家

浪迹天涯
用脚丈量属于天下的尺码
天下小了
你的心大了
呵呵 一个后生家

你说 浪迹天涯
　　　独行侠的世界独有风华
我说 行者无涯 留下精华
　　　行者的胸襟乃是天下

你说 天湖清澈
　　　纯洁的去处就是我家
我说 不独自美
　　　把纯的风范向友人传达

你说 雪山巍峨
　　　在攀援中感受懦弱的懦弱
　　　在孤独中体味薄发的薄发
我说 记下这一刹那
　　　人生常常就在那关键的几下

你说 秋风铁马
　　　我幼稚 磨练让我长大
我说 留下感悟
　　　我们这个民族还没长大
　　　包括你 我 他

浪迹天涯
　　用情抚摩山水 江山如画
浪迹天涯
　　用意丰满人生 人生如花
噢 独行侠
一个女孩子家 一个后生家
可爱 有点傻

　　　　　　　　　　（2012年11月）

怀念　怀念

心里有一片看不见的草原
一望无际　绿茵绵延
胸中有一座料峭的伟岸
小草歌唱　古木参天

心中有一条淙淙的小河
生生不息　多情柔软
胸中有一帘蓬勃的春雨
润物无声　草色遥看

天黑了
心中依然星光灿烂
路尽了
头顶还有青天

怀念草原博大浩瀚
怀念伟岸雍容达观
怀念小河多情蜿蜒
怀念春雨笑语阑珊

(2013年11月)

笑脸

火红是秋日自信的笑脸
洁白是冬雪纯洁的笑脸
璀璨是夏花忘情的笑脸
迷蒙是春雨诗意的笑脸

大雪是天公潇洒的笑脸
湖泊是地佬闪烁的笑脸
巍峨是大山雍容的笑脸
绿茵是草原清清的笑脸

凄凉是人生苦涩的笑脸
彷徨是前行纠结的笑脸
抱怨是失败无能的笑脸
胆小是懦弱无奈的笑脸

蓬勃是青春希望的笑脸
搏击是雄鹰翱翔的笑脸
慈祥是沧桑淡定的笑脸
纯真是孩子无邪的笑脸

女儿是心田甜蜜的笑脸

母亲是笔尖深情的笑脸
父亲是回忆紧张的笑脸
妻子是生活相依的笑脸

(2013 年 11 月)

春天的花与秋天的果

——我与人生的对话

你说：只要有花就会有果
　　　春华秋实　春天的花就是秋天的果
我说：灿烂的花　也可能早早脱落
　　　秋的璀璨需要冬的严谨
　　　　　春的辛勤　夏的火热

你说：只要成功　就能享受幸福生活
　　　我们要有追求的气魄
我说：幸福需要成功　成功需要拼搏
　　　还需要恬淡的心境
　　　　　平和的心态　心胸的广阔

你说：只要有收获　就会有快乐
我说：快乐　不仅仅是收获
　　　创造的人生更耐琢磨
　　　仅有收获的快乐似嫌奢侈似显单薄
　　　　似乎不够深刻

你说：今天的劳作　是为了明天的欢歌

我说：不要为了明天　忘了今天的我
　　　　人生是每一天构成的交响
　　　　是抑扬顿挫的组合
　　　　　酸甜苦辣都是歌

　　你说：母亲是条爱的长河
　　　　不忘养育之恩
　　　　绝不数典忘祖……否则……
　　我说：不仅仅是"否则"
　　　　不忘大爱　意味着滋养我的祖国
　　　　包括低矮的茅棚大山的皱褶
　　　　　还有那架古老的水车

　　你说：我的理想　就是为了祖国
　　我说：祖国不仅仅需要你的劳作
　　　　还有精神的富有　追求的蓬勃
　　　　　健全的人格

（2009 年 2 月）

记忆的碎片

——母亲

远行 惴惴不安
黎明的光勾画着群山
朔风凛冽 飞雪漫天
母亲站在山门前:
"小心……吃好……
着凉……安全……
出门在外要知道冷暖"
悠长的声音徘徊在山间
晨光中孱弱的身躯如此地伟岸
于是——
负笈的学子走出大山 西出阳关
牵挂的光观照着孤寂的心田

赴任 志得意满
皓月挥洒着老院的门槛
夜色如水 蛙声一片
母亲喜忧参半:
"谨慎……周正……
走端……清廉……
心要像这月儿一样干净淡然"

那一夜的月很亮很亮
那一夜的月很圆很圆
那一夜的月引领我走到今天

落寞时 将沮丧遮掩
还是那个老院 一桌粗茶淡饭
母亲淡定坦然：
"自重……尊贵……
自爱……勤勉……
生活会有一道道坎儿
顶天立地才是男子汉
无愧我心 路会越走越远"
于是——
面对世态炎凉荣辱升迁
我知道这世界没有塌下来的天
我知道我的心中还有一座山

(2009年6月)

给妈妈的话

妈 小时候
您常说
人老了 就进了天堂
我曾想
那是一个多么神秘的地方
您老了 却没有进天堂
我总想
您是 到了一个
只能想不能见的地方
想你的时候 想着天堂
心里难受
严厉 善良 慈祥
还有儿女所有事的担当
难受的时候 就望着天堂
那个看不见的地方
经常 经常
有时觉得欠您的再也无法补偿

(2013 年 3 月)

致青年

心中有绿　就有春天
心中有美　就有璀璨
心中有花　就有烂漫
心中有禅　就有恬淡

心中有梦　就有理想
心中有爱　就有期盼
心中有歌　就有旋律
心中有善　就有圣贤

心中有山　就有伟岸
心中有海　就有浩瀚
心中有云　就有浪漫
心中有真　就鄙视肤浅

心中有竹　就有劲节
心中有松　就有凛然
心中有梅　就迎风傲雪
心中有神　就将荣辱笑谈

心中有高尚　就有庄严

心中有尊贵　就远离下贱
心中有诚朴　就追求平凡
心中有坚忍　就漫道雄关

心中有灯塔　就一往无前
心中有热望　就不怵严寒
心中有母亲　就珍惜寸草
心中有大地　就不愧苍天

心中有月色　就有纯真
心中有阳光　就有灿烂
心中有秋风　就万山红遍
心中有山泉　就流长源远

(2008年11月)

了了歌

壬辰初夏,登终南山,沐雨、观云、挽风、揽绿、听蝉……归来记趣。

终南知"了"

终南闻知了　漫山都说了
大事可化小　小事不了了
遇事不烦事　事事终有了
人生了未了　不了了也了

终南问"了"

了为红尘事　人人都有了
了了犹未了　未了当了了
当了不了了　不了也了了
了了不为了　为了了不了

终南悟"了"

世间本无了　想了便有了
不了当懂了　懂了不图了

没完如没了　没了也是了
如若了不了　权当已了了

(2012 年 5 月)

远方

小时候喜欢远足
长大了逐浪远航
一直在努力
　　　它却永远在前方
那是一个谜一样的地方
崎岖　坎坷　神奇　神往

当我的人生将走近夕阳
夕阳说
远方可能是一个永远到不了的地方
到远方的过程
　　　可能就是远方

向远方
需要向前　向善　向上
奔远方
必须坚忍　坚强
有人说什么远方
不过是堂吉诃德的梦想
我要说

她是梦 还有希望

让我充实 不再迷茫

(2013 年 11 月)

生活 悟

——致友人

不惊不乍
平和地面对
哪怕波澜壮阔

不卑不亢
清醒地感知
绝不浑浑噩噩

不声不响
静静地观察
笑对喜怒哀乐

不温不火
淡定地驾驭
小溪激流大江大河

不张不扬
诚实地创造
耕耘 且不苛求收获

(2011年3月)

第六季

人贵有风骨
文美神飞扬
——读你 读我 读他

让生命走出自然的轮回

远方的一位朋友沮丧地发来短信,说她去美容,人家把她叫阿姨,而她却一直以为自己还是姐

本来已是阿姨
为什么偏要人家叫姐
我也曾经想当哥
人家却叫我爷

理解你渴望年轻的心愿
须知晓春光不仅是容颜
我曾见过老气横秋的小伙儿
世界在他眼中已经变得暗淡
我曾见过玩世不恭的姑娘
美好在她心中已恍如昨天

阿姨亦有阿姨的风采
爷们也可能风光无限
让生命走出自然的轮回
青春不仅仅属于青年

(2015年3月)

一直想说点什么

——致我亲爱的"驴友"们

一直想说点什么
说茫茫草原
说戈壁大漠
　　骑马纵横的那个"小帅哥"
说流韵的小溪
说通幽的小河
说夕照里水中燃烧的火
但我没说
　　其实也没什么

一直想说点什么
说天高云淡
说六盘壮歌
　　说成功是用苦难孕育的
说农家寻乐
说大雨滂沱
　　说雨中　伞下
　　酒　喝与不喝
　　不喝也乐
但我没说

有的话不如不说

一直想说点什么
说寻山问景
说瀚海绿波
　　说蒙古包夜半三更酒酣耳热
说月明星稀
说夜静天阔
　　北斗在哪里？
　　一群小手带着诗
　　搀着我的胳膊
终于没说
　　因为天热……

(2013年11月)

一个人……

——致某传媒人

一个阳光的人
用真诚
审视世俗的天空
敏锐得如一架高倍显微镜

一个天真的人
以纯粹
面对污秽的心灵
通体洋溢着正义的尊严和干净

一个达观的人
把曾经的苦
曾经的难
通通解读为哲理式的轻松

一个深刻的人
用理性的长剑
解剖社会的病痛
疗救不幸
　　　直指不公

一个有爱的人
以忧国的情怀
敲响盛世的警钟
未雨绸缪
哀兵必胜

一个有趣的人
将曾经的喜怒哀乐
当作诗歌吟咏
笑对世界
笑语人生

一个有梦的人
将历史梳理得如此沉重
将理想勾画得大气恢宏
弘扬精神
呼唤理性

一个有情的人
用热望关照社会
用激烈彰显忠诚
意到深处
大江奔涌

一个单纯的人
用希望的光把平凡引领
将新闻做成理想主义的文本
铁肩道义
妙手丹青

(2009年8月)

书生 顽童与鹰

仲秋,雨中,踏寻吴堡石城,凭吊柳青故居,寻访《舌尖上的中国》中的手工空心挂面作坊,与两位作家同行,相处和谐,相交和睦,相谈和和。写意如下。

    两个顽童
    天真 生动 散发着灵性
    两个书生
    另类 深刻 流动着激情

    行动散漫 思维放纵
    说起时髦一窍不通
    目光独到 守护本真
    谈起文化睿智精明

    带着浓浓陕北的味儿
    有着大山之子的赤诚
    飘着款款高原的风
    风雨中诉说着山汉的情

    大而化之 江山藏于胸

说到乐处口若悬河得意着忘形
嘻里马哈 还有点反动
讲到悲处一字一顿凄凉着沉重

有时严肃 严肃得清醒
有时戏谑 戏谑得近乎发疯
有时高歌 高歌得泪流满面
有时内讧 内讧得有些色情

不懂政治 关注民生
因为自己也是百姓
不谈功名 追寻人文
以文学安身立命

从生活的底层走来
为吃饱一顿饭发愁 曾经
黄河边有过凄凉的爱情
用信天游打发内心的痛

两个书生两个顽童
执著得让人肃然起敬
向精神的高处走去
奋发 奋起 奋飞 奋争

呵呵

山脊上两匹不羁的马
高原上两只昂扬的鹰

(2014年9月)

梦想

——致《远方》兼送禾田兄

长安 晚上 相府旁
因为诗歌
我们沿着唐塔爬上了月亮
你要拍月亮 月亮不让

于是——
你看古往今来
我望周秦汉唐
你数着光的芒
我捋着芒的光

我说 给灵魂穿一件衣裳
你说 灵魂不需要化妆

我说 每个人身边都有个天堂
你说 我们用诗歌勾画模样

兄弟
在一个没有梦的时代
我们寻找青涩的理想

守着月亮 聊发轻狂

(2012年5月)

附

远方

——致保勤兄

禾 田

那是一个遥远的地方
因为神圣而美丽
因为陌生而想象
为了灵魂不再飘荡
兄弟
你将诗情放逐到远方

你的激情点燃了寒风
迫使我又一次登楼眺望
看不到的地方都是远方
道路笔直而弯曲
行人弯曲而笔直
我对自己说下雪了
雪花会飘到远方

我突然觉得
远方就在身旁

当我顺着你的诗意长途跋涉
去远方的时候
兄弟
你就是我的远方

离别

静静地你坐在对面
我纠结着友谊的内涵
不想看 不能看
我默默地望着天

静静地你坐在对面
因为离去而怅然
美好的分别
深刻却表现为平淡

并不是如胶似漆的牵扯
交往得谨慎而无缠绵
远行的时刻
因为付出而暗暗伤感

所有的纠结无人知晓
静静地你坐在对面
只盼着离别
不要让友情走远

(2013年11月)

失望

老兄啊
一场久违的聚餐
咋就不欢而散
不如当年的粗茶淡饭？

发小的聚会坐得那么近
心怎么那么远？
我依然把你当知己
你却把自己当成了官

微微的笑容
难掩春风的招展
不绝的谈吐
势若悬河 口吐金莲

我说家长里短
你在指点江山
我说童年的伙伴
你热衷于谈权

我说儿时的小河小船

你说海滨的风浪风帆
我说我们曾经在沟里捉迷藏
你说美洲大峡谷真好看

我说生活好了
但教育难看病难养老难
你说人这一辈子
坎坎坷坷谁不难

呵呵 不是我怕难
而是你应该知道难
不知道百姓的冷暖
你怎么做官

我心仪你的奋斗
不喜欢你的今晚
你陶醉着你的陶醉
我观感着我的观感

你享受着簇拥的得意
我交往着柴米油盐
我庆幸我依然是百姓
我难过你和人的距离太远

我想说

你还是伙伴中的骄傲
我要说
脚踩大地的人才能风光无限
呵呵 并不是因为今晚

(2013 年 11 月)

沉默……

——致徒弟

我喜欢沉默
就像大地面对沉默的我
有些时候 沉默就是深刻
于是 我见了什么都不说

我喜欢沉默
就像太阳面对静静的我
有些事情温暖着不一定要说
心中的记挂是最纯粹的

我喜欢沉默
就像昨天面对丑恶的冷漠
有些东西还是别说
丑恶的反扑比反扑更丑恶

哦 我选择沉默
我知道正义有时也可能懦弱
汉子有时也会无可奈何
呵 这世界
还没有祥和到什么都能说

(2015年6月)

牵着女儿走在大街上

夜走,忆及当年带着女儿正月十五爬城墙。

牵着女儿走在大街上
步履蹒跚　月静天朗
女儿要上天
牵着她的小手
我们攀城墙

踩着斑驳的城砖
讲解嫦娥　点化吴刚
女儿淘气　要上月亮
我说明天给你摘一个
今晚天太亮

女儿累了
趴在我的背上摇晃
噘着嘴进入梦乡
女儿笑了
月光为她勾画着模样

(2013年12月)

把眼泪穿成项链

我把眼泪穿成项链挂在胸前
告诉未来我坚忍 我达观
我把酸楚打造成盾牌
迎接苦难的刺刀 挑战明天

让骄傲化作云烟
让人生摒弃肤浅
不求惊天动地
只为默默地向前

(2015 年 4 月)

我是伟大的

我蹲在童话大楼屋顶的那个塔尖
清晨 抚摸云霓与天鹅对话
黄昏 霞衬流烟与太阳聊天
我问太阳
明天的天气怎么样
太阳说
那要看你的表现
我爱光明 不喜欢阴暗
哦 与天地沟通
我是追日的神仙

我躺在乌云密布的山巅
中午 披着云彩静观云色流变
晚上 挽着星星与月亮搭讪
我问月亮
明晚你是否依旧缠绵
月亮说
那要看这世界是否干净恬淡
纯洁常常与我做伴
哦 和长夜对话
我是月亮的另一半

哦 我伟大
我是太阳
守护光明的光明
我是月亮
守望纯洁的家园

(2014 年 7 月)

地狱与天堂

乘地铁

下了地狱

嘈杂

却十分宽敞

坐飞机

进了天堂

安静

却只有你一个人待的地方

不畏惧地狱

不向往天堂

寻一种恬淡

觅一种寻常

骑一匹马云游四方

做一只鸟恣肆飞翔

(2011 年 3 月)

因为我们有梦

梦,属于自己
夜,属于星空
做梦的夜有诗
无梦的夜有星

天亮了,
　　收回思绪
以明媚的笑脸迎接黎明
启程　驭浪　远行

让前行的日子把生命填满
让茫然的冲动回归理性
有梦真好
尽管未必成功
包括喜怒哀乐　柴米油盐
都是生活的馈赠

学会寂寞　学会坚忍
让生命与众不同
学会满足　学会平静
因为我还有梦

(2013年10月)

生活　莫名其妙

有人认为爱是清晨六点钟的吻，是一堆孩子，可我觉得爱是想触碰又收回的手。
——塞林格

友谊有时来得莫名其妙
一句问候？一个眼神？
抑或是那甜甜的笑

记挂有时像胡闹
为什么想？为什么要？
没有道理地让你想了通宵

想　从哪儿开始？
你不明白　你不知道
她像春风在远方火热地招摇

天平难道就此失衡　难道
生活提示
要带着脑子思考
不是什么东西想要就能要

(2014年3月)

终南画荷送友人

夜半,邢东等画家在终南山画荷,友人发来小诗,和之。

半是明月半清风,
夜静峰头绘芙蓉。
画师入定任云起,
淡忘长安一片灯。

(2008 年 9 月)

一个丑恶的灵魂能够走多远[①]

法院，国徽高悬
　　神圣的光沐浴着人民权利的威严
法庭，天平耀眼
　　正义的砝码保驾着公平的航船
一个堕落的灵魂
　　在接受良心的拷问与正义的审判

死缓
如晴天霹雳将你几乎击倒
怎么？！
这是邪恶的报应
还是天方夜谭……

"我曾是一名天真烂漫的少先队员
我曾是一名朝气蓬勃的共青团员
我曾是一名无上荣光的共产党员
面对鲜红的党旗——
我曾高擎起'奋斗终生'的誓言
通体洋溢着'忠诚'的庄严
我曾经纯正，我曾经清廉
我曾经恪尽职守、兢兢业业，立志终生奉献

……
怎么可能呢?
我怎么可能沦为可耻的罪犯?!
佛说:苦海无边,回头是岸
可我一回头,身后已没有了岸……"

母亲——
白发飘飘、步履蹒跚、长跪不起、老泪如泉
你寄托了寡母多少希望
多少安慰、多少梦想、多少光荣、多少期盼
"儿啊!你怎么?!……
给你叮咛了多少次
咱祖祖辈辈没有出过你这样的大官
咱要走得正,咱要行得端
多少次!让你小心
多少次!要你勤勉
多少次!让你不要拿公家的钱
多少次!要你千万千万
……
你让娘放心了一千次
你给娘发誓了一万遍
怎么?你连娘都敢骗?
咱庄稼人就活个脸面
你怎么就坏了良心?!
怎么就只要肮脏的钱,不要尊贵的脸!"

一阵抽泣

一阵呜咽

一阵仰天长叹……

一阵欲说还休的凄楚、绝望

一阵撕心裂肺的难堪

高尚的灵魂

可以滋润心田

  义薄云天

一个丑恶的灵魂

能够走多远

……

(2006 年 10 月)

---

① 节选自《罪恶的备忘》。

自问

一

我们常常追求深刻
思想却在亦步亦趋的鼠目寸光中
　　不知不觉地浅薄
我们常常传扬高尚
境界却在利益驱动的欲望中
　　潜移默化地倾向于龌龊

二

我们常常高擎理想
精神却在蝇头小利的诱惑中
　　无所顾忌地流浪
我们常常提倡担当
肩膀却在患得患失的权衡中
　　失去了勇气和承担的力量

三

我们常常大声疾呼解放

智慧却在刨根问底地寻究本本中
　　有意无意地消磨着锐利的光芒
我们常常大讲情怀
胸襟却在家长里短的关注中
　　兴致勃勃地失去了雅量

四

我们常常告诫自己为民
责任却在权力的麻醉与高高在上的滋润中
　　默默地流失　悄悄地淡忘
我们常常叮嘱自己干净
灵魂却在庸俗的泥淖与物欲的攀比中
　　不知不觉不干不净地流放

五

我们常常勉励自己要亮节高风
尊贵却在钱与权的勾引下
　　心安理得地让位于实用　庸俗到玲珑
我们常常提醒自己朴素
做派却在奢华与寒酸的算计中
　　奢靡地丰满　得意地放纵

六

我惭愧
我是公民　原本就是百姓
为什么不知不觉地远离了群众
百姓怎么看我我怎么看百姓
命题简单却常常无动于衷
我惭愧
我是党员　要立党为公
为什么没有兑现该有的忠诚
活着为什么　做官图什么
宗旨却成了教育属下的内容

七

我自省
我是大山的儿子
是否还能听懂养育的乡音
是否还能理解款款的乡情
是否还能看见父老乡亲
是否还记着儿时饥饿的哭声
我自省
理想是否因组织重用而坚定
境界是否因官位升迁而提升
水平是否因地位变化而提高

口碑是否因敬业而被认同
我自问
你感到的是把官当事做的沉重？
你享受的是把事当官做的虚荣？
政声人去后 得失寸心间
百姓的心中始终有杆秤
　　勿忘使命
呵呵
我在给灵魂照镜子
　　灵魂需要阶段性的革命
我在给思想送温暖
　　思想的根基需要纯正
我在给精神把把脉
　　让精神的家乡激流涌动

(2014年2月)

致主席台

你在台上
切忌趾高气扬五马长枪
需明白 当你正襟危坐时
你已成为台下的研究对象

一群臭皮匠 不是群氓
微不足道 但眼睛雪亮
你也曾和他们一样
不过机遇让你走到了台上

不要忽视你的演讲对象
废话不说 长话少讲
台下有良知 台下有理想
台下有智慧 台下有力量

改变作风 始于台上
把握时间 注意质量

（2015年3月）

其实你不懂

不要以为你站在了山顶
你就有了高大的美名
其实 你不懂
大山为什么雄浑
与其自诩高大
不如追寻巍峨的行踪

不要以为守着泉水淙淙
就拥有纯洁和玲珑
其实 你不懂
小河为什么清澄
与其分享一份虚荣
不如让自己的灵魂干净

不要以为身处草原
就多了一份博大与恢宏
其实 你不懂
草原为什么浩瀚雍容
与其在花丛中撒欢儿
不如开阔自己的心胸

不要以为自己身居高位

就高人一等

其实 你不懂

官位不等于情怀责任和水平

与其得意忘形

不如多想想百姓

  因为你也是百姓

（2013 年 12 月）

开会

开会是为了解决问题,如今会议也成了问题。欣喜中央出台改变作风的"八项规定",就有了如下的感想。

台上的猎人
在打枪
口若悬河如子弹出膛
不厌其烦
瞄着下边恣肆汪洋

台下的兔子
正襟危坐　满满当当
子弹连发　横扫着前方
灵魂却在游走
子弹没命中该命中的地方

会议为什么这么长
会议为什么那么胖

是猎手的脑子出了毛病
是猎枪的准星有了故障

是子弹乏力
还是兔子张狂没有教养

原因很多 值得思量
总之 会是要开的
打枪要瞄准
会要有质量
不要忘了会议的功能
不要忽略兔子的愿望

(2013年3月)

与其……不如……

与其不学无术地活着
不如腹有诗书地活着
与其软弱地活着
不如坚强地活着

与其世俗地活着
不如儒雅地活着
与其贪婪地活着
不如知足地活着

与其慵懒地活着
不如勤恳地活着
与其虚伪地活着
不如真实地活着

与其盲目地活着
不如清醒地活着
与其卑微地活着
不如堂堂地活着

与其没有骨头地活着

不如刚正不阿地活着
与其怨天尤人地活着
不如自强自立地活着

与其蝇营狗苟地活着
不如光明磊落地活着
与其可怜地依附着别人活着
不如骄傲地站着活着

与其糊涂而清醒地活着
不如清醒而糊涂地活着
与其为个人小利活着
不如为社会大义活着

(2006年8月)

我怎么读不懂你

我怎么读不懂你
风姿绰约的花啊
为什么神情凄迷
既然生活在春天
为什么不热情洋溢

我怎么读不懂你
忠厚得像石头
眼神为什么如此游离
既然信誓旦旦
还有什么不可告人的

我怎么读不懂你
表白得口若悬河
实践得却如此无力
既然承担着社会责任
兑现得何以可怜兮兮

我怎么读不懂你
一再宣示求真务实
做了假竟然毫无歉意

孩子们都不许犯的错误
何以被你渲染成政绩

噢 我读不懂你
真实原本简单
何以雾里看花般神秘
真诚原本可爱
为什么要戴上面具

真的 我读不懂你
信任从何谈起

(2015 年 8 月)

第七季

摇一叶扁舟
　披一缕秋风
　　沐一身暖阳
　　　——读云　读雪　读歌

杜陵云[1]

杜陵原上云
撩我额前发
雨溅松落泪
雾锁花非花

蒙眬入禅境
飘然去酒家
店主声欲醉
无酒称洒家

(2007年10月)

---

[1] 杜陵位于陕西省西安市南郊的杜陵原上。杜陵是西汉后期宣帝刘询的陵墓。陵墓所在地原来是一片高地，灞、浐两河流经此地，汉代旧名"鸿固原"。宣帝少时好游于原上，他即帝位后，遂在此选择陵地，建造陵园。为西汉诸帝陵中规模较大、保存较好的一座。

泸沽[①] 云

云是山的翅膀
山是云的脊梁
云在群峰间开合
山在云隙中跌宕

鲲鹏展翅的恣肆
群鸥竞飞的翱翔
温柔似水的恬静
上下翻腾的张扬
绵延无际的辽阔
光芒四射的金黄

山因云而悠远
云因山而苍茫

清晨,你是山间流韵的光
午后,你是蓝天洁白的衣裳
黄昏,你是夕阳橘红的盛装
夜晚,你用朦胧柔美着月亮

午夜的泸沽啊

轻罗摇荡

晓雾依偎着绵延的木屋

炉膛的火将摩梭人的脸庞点亮

神秘的窗

打开了阿夏们走婚的天堂……

(2010 年 9 月)

---

① 泸沽湖,位于四川省凉山彝族自治州盐源县与云南省丽江市宁蒗彝族自治县之间,素有"高原明珠"之称。湖边居民主要为摩梭人及纳西族人,其文化为达巴文化,信奉藏传佛教。摩梭人是中国唯一仍存在的母系氏族社会,实行"男不娶,女不嫁"的"走婚"制度。

泸沽 水

天在水中竞秀
水映五彩天光
几多湛蓝
几团金黄
一派火红
一湖奔放

水中的生灵
神奇、繁忙
草在浪里挺拔
花在潮中流芳
风助波起云涌
鸭戏飞流短长
碧水清波银浪
船飞鱼跃草香

摇一叶扁舟
披一缕秋风
沐一身暖阳
用心感受着温柔
用情体味着温良

用意透视着清澈
用桨抚摸着脸庞

泸沽湖上
碧波摇荡
心随云走
我心神往
意随水流
我心飞翔……

(2010年9月)

在路上　星

夜色中急行
仰望苍穹
将星星摘下
揽入怀中

问星欲何往
问星今何从
星星笑答：
守护纯洁
　　守望光明

我与星星同行
十份温暖
　　九份温馨
两份相悦
　　一份清醒
用我的真诚还有使命

(2011 年 10 月)

在路上　霞

从汹涌的乌云中剥出太阳
晾在茫茫无际的草原上
抽出一缕缕丝
织就一段段锦
放飞一根根芒
万道霞光
这是云与影的梦想
短暂，但却有着锐利的辉煌
怀揣着温暖
饱含着憧憬
阴霾的日子坚守希望
坚守的日子历练坚强

(2011 年 10 月)

华阳　云趣

我在云中　云中有我
捋一把白云　放飞了一朵

我在看云　云在看我
摘一片柔情　滋润着生活

我缠着云　云绕着我
觅一份糊涂　诗意的摸索

我嬉着云　云逗着我
翻翻飞飞　前仰加后合

我在想云　云在想我
云说　爱从自然始
和谐修正果
我说
爱天地就是爱自己
爱应是生活的准则

哦　我在悟云　云在悟我

(2015年6月)

华阳　情思

夜里　你用无言的月为我点灯
清晨　你用朝凤的鸟将我吵醒
上山　你用调皮的雨给我添乱
倦怠　你用澄澈的流为我壮行

登顶　你用无涯的绿将我包裹
返程　你用缠绵的云送我柔情
归巢　你用火热的霓为我庆功
自得　你用万籁的静将我抚平

哦——
你亲小河　小河灵动
你爱大山　山通人性
你敬草木　草木聪慧
你近云雀　云雀多情

(2015年6月)

雪蝴蝶

一只翩翩起舞的蝶
在雪中飞翔
挽着雪花 气宇轩昂

雪说
不要捣乱!小心着凉!
没人管的孩子
怎么这样?!

蝶 挥着翅膀:
成长需要呵护
我愿信马由缰
与你共舞是我的理想
没有冬的历练
你也不会飘逸飞扬

哦
让严寒来得更猛烈吧
我要云游 我要坚强

(2013年3月)

钓雪

山 一夜间白了头
何忧
不是瑞雪兆丰年吗
蓑翁钓何愁

孤舟已千年
蓑翁亦千秋
愁 山之常青
忧 水之清流

哦 我在钓雪
愁？不愁！
不愁！愁？
钓一个雪后初霁
愿者上钩的山明水秀

(2016年2月)

柴门探雪

几块木板搭就门庭
乡间野径 雪封柴门
庭前无人迹 天公扫凡尘
踏雪 探门
枝遒 干劲
雪静 梅红
忽闻犬吠 人间烟火生

(2014年2月)

暮色中的望

夕阳将蒙古包染得金黄
小河蜿蜒将草原点亮
孩子在霞光里忘情撒欢儿
狗在水中嬉戏
　　水伴嬉戏酣畅

大雁成行　牵挂长长
母亲翘首　草原苍茫
晚照里有一尊望子的雕像
暮色　凝聚成牵挂的模样
水在张望
　　草在张扬

骏马嘶鸣
　　驭手的剪影飞出夕阳
牧羊犬纵横
　　扑向如血的残阳
家　斜倚在蒙古包旁
祖孙安详
　　天地吉祥

(2011年7月)

终南 翠

微雨洗凡尘
翠摇柳生风
峰头流烟树
谷底飞泉声
涧边蓑翁立
水中鱼多情
村妇呼儿归
野径香正浓

(2014年4月)

终南 夜

夜静踏云上五台
莲花朵朵脚底来
终南送我千秋月
我将星辰揽入怀

（2010 年 12 月）

终 南 禅

午后,与邢东、恭明及北京诸友人相约雨中登南五台①,披风沐雨,穿云破雾,紫竹林晤师,藏莲阁观雨,莲花台览云,品山阁品雾。是夜补记。

豪雨叮咚谷生风,
满目流韵锁葱茏。
携伞踏雾朝天去,
披霞燃香觅仙踪。
紫竹挽风说命运,
莲台接云悟人生。
向善修德赖定力,
心无旁骛须躬行。

(2010年7月)

---

① 南五台古称太乙山,位于西安南约30公里,为终南山支脉,海拔1688米,为"终南神秀之区",是中国著名的佛教圣地之一,有"天下第一圣山"之称。

草原的风

草原的风
草原的歌
草原的骏马
草原的河
草原的风儿携着歌
草原的骏马蹚过了河

草原的雨
草原的波
草原的牛羊
草原的坡
草原的小雨润碧波
草原的牛羊爬满坡

草原的云
草原的火
马背的民族
豪迈的传说
草原的流云燃起了火
马蹄声声续传说

(2012 年 11 月)

在陕北 歌

在高原
把信天游撕成碎片撒向蓝天
一种苍凉
一种辽远
一种奋飞的壮阔
一种苦涩的浪漫
长天悠扬着曾经的峥嵘
群山回荡着豪放的达观
歌拉着犁剖问大地
犁带着歌叩击长天
呵呵
吆牛的汉子
好一个神仙

(2012年10月)

在陕北 老农

刀刻的皱纹将苦涩绽放
酸楚的花也有着独特的芬芳
要不
咋有信天游一无所有的豪壮
要不
咋有说书人悲欢离合的激扬
苦难锻造着生命的顽强
生命昭示着苦难的辉煌
要不
咋有却道天凉好个秋的安详
要不
咋有曾经沧海的包容与善良

(2012年10月)

在陕北 听山

在山里
听山的喘息

沉重的是黄
清纯的是绿
热烈的是红
柔情的是树的私语
听月光下小河的溪流
拎一串信天游送给你

呵!在山里
听山的喘息

(2012年10月)

在陕北　山汉

不要说
山里的汉子只会援攀
彪悍的身躯
挺起来就是一座山
不要说
走出莽原的男儿讷于言
通红的脸膛
笑起来就能染红一片天

嚎一嚎嗓子
信天游就钻进了云里边
舞动着腰鼓
潇洒的烟尘就像一幅抖动的帆
不知道什么叫勇敢
却在九曲黄河撑过九十九只船
不炫耀曾经过艰险
生命的火流淌在悬崖峭壁间

耕耘着大地飞溅着汗
风雨中有一张沧桑的脸
播撒着生命收获着甜

山顶上有一双守望的眼

搂一把黄土长望着天
大山的儿子恋着山
满怀着希望向太阳走
天底下最美的是山里的汉

(2012年10月)

来吧

来吧 踏浪去
在起伏的曲线中寻找韵律
哦 去听风言风语

来吧 踩绿去
在郁郁的交响中纵横
让葱茏醉在心里

来吧 看花去
融入明媚的彩
让感动记录艳丽

来吧 赶海去
在汹涌的林涛中
驾驭诗意

(2013年7月)

生命的底色
——致友人

骆驼草

戈壁 一川碎石的组合
苍苍莽莽 浑浑噩噩
你的绰约让它有了生命的光泽
尽管成长得坎坎坷坷
却有着生生不息的品格

骆驼

面对一望无际的黄
默默地拉长追寻的辙
向前,尽管看不到希望
我却看到了生命的底色

流岚

缠绕在山的腰间
让巍峨神秘 浪漫
转瞬即逝
汹涌着奔向另一座山

尽管 居无定所
生活却因你而斑斓

（2013年9月）

第八季

从河里捞起一轮月亮
   把它风干
  挂到天上
    ——读月　读荷　读梅

失眠的月光

失眠的月光
是诗意的
懒懒地爬在窗棂上
告诉我什么是思乡的模样

失眠的月光
是缠绵的
攀援在窗帘上
陪我消解长夜灯红酒绿的惆怅

失眠的月光
是寂寞的
思念凝成了霜洒在地上
化作那只小手爱吃的白糖

失眠的月光
是残酷的
当日出东方的时候
必须泯灭这一切的想
打点行装 向着远方

(2011 年 12 月)

午夜的记忆

窗外的月光
浮游着家的芬芳
经天的群星
闪烁着院的模样

我问明月
　　家在何方
我望星辰
　　心欲何往

问天天无语
　　西望看天狼
低头独思量
　　拾起地上霜

提醒自己不再思　不再想
升起心中的太阳

(2012年1月)

我为月亮梳妆

我为月亮画像
点两个酒窝
描明眸一双
酒窝含着柔美
笑眼溢着安详

我为月亮梳妆
扎两根小辫
披一件霓裳
小辫摇曳着纯真
霓裳洋溢着时尚

我为月亮化妆
让美走进天堂
我为月亮梳妆
让爱在大地上飞翔

(2011年7月)

守望

——致《相府的灯光》送禾田兄

灯光并不意味着辉煌
相府只是一个吃饭的地方
虚假有时也人模狗样
扭曲的灵魂也会放光

残存的情怀和幼稚的梦想
让兄弟俩不知天高地厚地爬到天上
不摘星星 不擦月亮
呼唤脚下多点纯真和善良

我们需要把眼睛擦亮
为灵魂守望
不论是西服 还是唐装
让虚伪知道还有审视的芒
总之,希望大家身体都健康

(2012 年 7 月)

附

相府的灯光
——致《梦想》再送保勤兄

禾 田

相府里灯火辉煌
相府里没有月亮
月光在府外
月亮在天上
于是
我们沿着
诗歌编织的梯子
爬到天上
恭敬地掬把月光
然后捂住双眼
把眼球擦亮

烛光映古今
盲人摸汉唐
我只想掬把月光
你却想搂着月亮

灵魂有时穿西服
灵魂有时着唐装
灵魂有时还裸奔
灵魂其实是我们
每一人眼中的光

兄弟
在没有枕头的床上
我们还残存枯萎的梦想
搂住梦想
放飞轻狂

在路上　月

从河里捞起一轮月亮
把它风干
挂到天上
给山野一片银辉
给世界一个辉煌
月亮走了
却留下了希望
心中有一分纯洁
风干自己的月亮
你就有希望

(2011年11月)

月下

月下
世界很小
只有两人
意近 心同

月光
很纯 很纯
大地泻银
月神 眼神

月色
很美 很美
不施粉黛
声容 笑容

月影
很浓 很浓
柳丝缠绵
树影 人影

月声

很轻 很轻
四顾皆萌
风声 语声

噢 月下
情之爱 爱之情
爱之语 情之风

(2015年8月)

夜闻月语

夜闻月语声
嘱我接秋风
手中两片叶
心生一缕情

(2012 年 8 月)

爱梅说

冬日的暖阳斜斜地挂在天上，雪地里，我站在梅的身旁。枝头绽放着别样的辉煌。

不知道什么时候记住的梅。是小学教室里的那幅梅？是课堂上老师描摹的那片梅？是友人家中怒放的那盆梅？是办公室窗外那树料峭的梅？是冬日屋后那抹含笑的梅？是久违了的那缕带着冷香的梅？是"零落成泥碾作尘，只有香如故"的梅？还是"疏影横斜水清浅，暗香浮动月黄昏"的梅？抑或是"已是悬崖百丈冰，犹有花枝俏"的梅？……是，又不全是。

不知道什么时候专注的梅。是隆冬公园里那片金黄，是寒风中昂然的那簇蓓蕾，是扶疏枝头的遒劲，是飞雪粉红的陶醉，是萧瑟中绽放的生机，是凛冽中释放的温暖，是寂寥中孤独的蓬勃，是沮丧时提神的灿烂……是，又不全是。

不知道是什么时候走进了梅。是傲岸，是傲骨，是傲然；是温润，是温和，是温暖；是淡定，是淡泊，是淡然。是，又不全是。

噢，不知道是什么时候牵挂的梅。是花？是香？是蕊？是默默报春的风范？是花丛一笑的风流？是不媚不俗的风骨？是不惊不乍的风味？

不知道什么时候爱上了梅。是风范，是风流，是风骨，是风味。

冬日,夕阳下,雪地里,我站在梅旁……

(2012年10月)

忆梅

野径梅几枝
翘首望西施
雪中几分俏
红白两相知

(2014 年 3 月)

蜡梅

隆冬吐芬芳
翘首绽金黄
苦寒生神韵
天地留余香

(2013年1月)

雪润梅红

风裹着雪 雪携着风
我在雪幕中穿行
斑斑点点
梅 一片火红
我探红梅 红梅雍容
梅说 洋洋洒洒 你是雪神
我说 含苞欲放 你是梅精
我审视你：俏了几分
你瞅着我：雪也有魂
哦 雪润梅红

(2013年1月)

题照 雪梅

冰清画洁两厢情
梅雪相依秀玲珑
花问冰雪何时走
冰雪笑曰与君同

（2011年2月）

梵净思（歌词）

雾生云　云似烟
美流香　梦相伴
花海杜鹃　云海仙山
你把梦幻种上了天

风送爽　雨飘帘
佛有意　情随缘
草木含情　天上人间
你把笑脸送到云端

树昂首　花烂漫
水如练　绿无边
玲珑澄澈　流长源远
我把希冀倾入清泉

哦　梵净山
云雨雾　雾笼山
你把神韵送给人间

（2015年5月）

思念是条河（歌词）

思念是条河
飘着你和我
牵挂是涓涓不息的流
祝福在默默地诉说

思念是条河
你曾牵着我
美好是翻飞奔涌的浪
遥望是粼粼的波

思念是条河
只有你和我
柔情是浪里激扬的神
回首是不息的歌

啊 思念是条河
　思念是条河
　　一条不息的河

（2016年3月）

花开的时候

南方的丁香开的时候
　　　我在北方
遥望着那簇醉人的芬芳

北方的牡丹开的时候
　　　我在南方
叮嘱兄弟代我去闻香

家中的那盆百合开了
　　　我在远方
牵挂寸草春晖的柔肠

人啊 不管你走到哪儿
不该忘的别忘
不仅仅是花的模样

（2012年10月）

看荷

——致友人

看荷吧
临风玉立
飘逸挥洒
撒一路芬芳
听一湖鸣蛙

看荷吧
独秀山水
恬静儒雅
荡一池叶露
摇一泓奇葩

看荷吧
静若处子
灿若春花
领一份雍容
迎一片云霞

看荷吧
用心领略

用情升华

觅一种高洁

览一塘风华

(2010年3月)

题荷

在北京读书的日子里,每晚总要在校园里长走,总要在宿舍后边那塘荷前伫留矗立良久。

月 点化着叶面的玲珑
风 飘摇着淡淡的香尘
蓬 舒展着丰硕的果
藕 延伸着渴望的根
月下的塘
一种寂静的异彩纷呈

白 孤傲得让人不忍触动
粉 热烈得使人为之动容
含苞的蓬勃让世界鲜活
凋零的丰硕给人沉稳庄重
月下的塘
荟萃别样的人生

世界因着这荷多了生动
人间因着这蓬多了从容
精神因着这茎多了坚挺

人间因着这藕多了淡定

月下的塘

热烈而冷静

（2008 年 9 月）

盆景

深秋
拖着苹果的绿 胭脂的红
走进厅堂
　　一屋风景 一墙玲珑

你说
无须流连
那是温室中的生命
我说
那是寄托
　　那是憧憬
毕竟有梦

(2013年9月)

菊

暮色苍茫
雾霭中 一簇金黄
在路旁
长相忆 守轩窗 有暗香

月色初上
星空下 一抹芬芳
旷野中
望天狼 独思量 味悠长

日映东方
熹微里 生命绽放
枝高扬
沐银露 斗寒霜 俏晨光

(2012年9月)

寻·思

——竹海印象

摇着舒展着
览群山起伏 看竹涛汹涌
观茫茫苍苍 沐雾水长风

徜徉在林中
品绿之苍翠 拂节之遒劲
觅成长的思想 听拔节的响声

林 遮天蔽日 郁郁葱葱
径 小桥流水 蜿蜒飞升
小道上流动着伞的斑斓
黄伴着粉 紫追着红

黄在雨中寻找蓬勃
粉在绿中俯仰笔挺
紫在风中亲吻大地
红在雾中感悟葱茏

问竹 何以蓬勃
竹说 生命需自由

自由才有梦

问竹 身板何以节劲
竹说 生命须坚忍
　　　　必须守正

问竹 何以相敬如宾
竹说 生活多不测
　　　　自当相拥

噢 竹如人生
我在海里捞针
捞出涌的奔腾
捞出成长的真谛
捞出生命的珍重

(2015年8月)

木王散曲

杜鹃红
杜鹃黄
漫山吐芬芳
十里烂漫绣群峰
花仙聚木王

天浴俏
鹰嘴长
神工胜巧匠
嫦娥沐浴舒广袖
醉卧跑马梁

草甸深
草甸香
密林拂银光
深山春水晚来急
邀我忆沧桑

(2007年4月)

第九季

人民有一双清澈的眼睛
　　百姓有一架善恶的天平
　　　　　——读真　读善　读美

从现在起

从现在起 真诚
不说假话
不在会场忽悠听众
不自我感觉良好
不自作多情
不误把自己当作精英

从明天起 阳光
不抱怨生活
不把告诫当阴影
不指责社会
不倦怠人生
善待万物 勤勉
让心情平和明媚并且平静

从后天起 单纯
告别猜疑
不怨天尤人
不忧心忡忡
清纯 并且感染他人

让思想纯净

你若清澈 这生活就透明

(2014 年 5 月)

我坚信

当浅薄被当作深刻
当虚伪潜入人们的生活
当理念成为作秀的旗帜
当秋天的落叶被视为耕耘的丰硕
我坚信
历史的车轮会为社会的天平纠错

当真美善不敌假丑恶
投机被当作智者的杰作
当公仆的升迁也需要商业的运作
勤恳羞于巧取豪夺
我坚信
历史会重建属于自己的生活

当假话成为时髦
教养被视作懦弱
当奉献成为标签
纯正遭遇无情的奚落
我坚信
历史会力挽狂澜将这耻辱定格

当我们的著述成为他人的学说
当文明的种子面对成长的险恶
我坚信
历史会为历史负责
否则我们将走进水深火热……

(2010 年 11 月)

不要……

不要用真诚的吹捧满足可怜的虚荣
不要把他人的耕耘当作自己的劳动
不要把蜻蜓点水式的游走当作深入
不要用酒桌天天的应酬满足胃的功能
也许　你心中已没有荣与辱的区分
相信　人民有一双清澈的眼睛

不要把江河都企图揽入囊中
不要把好话作为标签貌似真诚
不要把落实喊得山响　口号却成了行动
不要把个人的升迁看得比百姓的疾苦还重
也许　你已无廉耻之心
相信　百姓有一架善恶的天平

不要满足于殷勤的笑脸和歌舞升平
不要沉醉于抱怨背后的前呼后拥
不要把人民是衣食父母置于脑后
不要亵渎了以人为本的崇高使命
也许　灯红酒绿已麻醉了你的灵魂
相信　历史会有一种独特的清醒

（2012 年 12 月）

绝不

用挺拔诠释成长的语言
无论风和日丽
抑或惊涛拍岸
绝不为了苟且地生
而丧失尊严

用忠诚维护天的湛蓝
无论乌云密布
抑或天高云淡
绝不为了粉饰升平
而将圣洁污染

用生机装点春的内涵
无论瑟瑟冷雨
抑或乍暖还寒
绝不为了浮浅的虚荣
而虚拟春天

(2008 年 5 月)

致迷惘

不如意的生活让你迷惘
不靠谱的朋友让你彷徨
不真实的世界让你糊涂
不公平的回馈让你感伤
生活　不应该是这样
生活　有时就是这样
成熟　我们必须在得与失中历练坚强

在迷茫中寻找出路的出路
在彷徨中追求希望的希望
在糊涂中学会清醒的清醒
在感伤中明白坚强的坚强
生活就是这样
生活需要这样
坚忍　我们用智慧开辟远方

(2013 年 11 月)

看着我的眼睛

你的眼神是否纯净
你的灵魂是否透明
你的追求是否向善
你的好恶是否纯正

你的心灵是否清澄
你的信念是否坚定
你的意志是否顽强
你的认知是否公正

面对利欲是否眼红
面对吹捧是否清醒
面对诱惑是否淡定
面对崇高是否动容

你的耳中是否有乡音
你的心中是否有乡情
你的眼中是否还有百姓
你的真诚还有几分真诚

哦

打开你的窗户
哦
让我看看你的眼睛

(2014年2月)

狡猾

——致友人

世界因你而有了许多谜
生活因你而有了复杂的意趣
单纯因你而走向成熟
人生因你而有了多"几根弦"的含蓄

你的笑包含着怎样的"智慧"
鱼尾纹洋溢着多少不可捉摸的"目的"
你的眼神有多么耐人寻味
笑声里有多少自以为是的得意

也许你不理解它"深刻"的意味
它会让你走得路断人稀
也许它曾是你防身的武器
过度地使用会遭受真诚的鄙夷

是社会让你变得精于"算计"
还是你让社会多了几分"神秘"
算计使你失去了多少宝贵的情谊
神秘添了多少让人敬你远之的"灵气"

生活嘱咐我：
投机地得到往往意味着失去
人生告诉我：
光荣的失去胜过卑鄙的获取
还是让真诚回归你
明天的你会活得通透、达观、大气

(2011年1月)

佛光·悟

赴佛光山佛陀纪念馆考察,蒙慧传常务住持热诚接待,礼佛,学佛,寻佛,问佛,我佛……

心有芥蒂　帮你疏通
心有杂草　教你洁净
一个修理思想的处所
和富贵没有关系　来者受用

偶有邪念　祛邪扶正
心有霉变　教你自净
一间给生命敲钟的教室
和名利没有关系　道骨仙风

神飞魄散　促你清醒
目中无人　邀你自重
一座安顿灵魂的殿堂
和功名没有干系　美丽人生

与说教没有关系
真诚着并且沟通

让心与心碰撞
与时俱进 贴近生灵

生活 生命 质量
不是空洞
没有高谈阔论
默默地做着救赎的事情

(2015年12月)

李白请我去喝茶

一

前天黄昏
李白请我去喝茶
把飞流直下三千尺的泉
倒入香炉
庐山的新茗被煮成蓬勃的花

紫烟缭绕 青衣长衫
山很高 夕阳西下
他金鸡独立
我坐在悬崖
他 飘飘欲仙 欲言又止
我 头晕目眩 心里发麻

李白笑了：
哦 日子过了千多年
却没了呼儿将出换美酒的潇洒
少了床前明月家书万金的牵挂
忘了天生我材必有用的自信
缺了我仰天大笑出门去的傻

……

哈哈　太白率性
不要以为我们生活在当下
我们的确缺了点昨天的啥
是情怀是忠孝是家国是文化……
可能啥都不是又可能是啥

二

昨天早晨
我邀杜甫去骑马
披着光　从潼关出发
到长安城里去看花

老杜长髯轻捻　念念不忘
安史之乱的秦川啊
家破人亡　潼关老妇今何在
妻离子散　咸阳征夫现在哪儿

渭河蜿蜒　水润长天
秦岭逶迤　风光如画
美得曾经想都不敢想
祥和得有些虚假

请原谅我可能多余的忧患

不是我不相信这繁华
爱到深处恐生变
秦川处处是我家
从离乱中走来的人啊
总是后怕

请理解
一个老朽的忧思与记挂
请记住
治大国可别忘百姓的小家

三

今天我和辛弃疾去打靶
欲擎苍 再牵黄 轻狂聊发
重温 挥戈风流
再展 仗剑风华

无奈 人老了 眼昏花
没见过枪 不知道靶
这世界变得不可思议
犁铧尚用来耕地
剑戟早已进入收藏者的家

战乱已离去很久很久

武器却变得如此发达
是战争催生着武器
是武器将战争升华

我知道人类始终在追求和平
我知道武器支撑脆弱的繁华
我明白 道义常常软弱
我懂得 落后就要挨打

留恋梦里吹角连营的意境
怀念醉里挑灯看剑的潇洒
那不过是老夫对往事的追怀
不过是老将曾经的戎马生涯

我清醒
和平需正义
战争是对文明的挞伐
我明白
利剑仗天下
武器应将邪恶鞭打

(2015年3月)

屈原　我对你说……

一根丝怎么这么长
牵着两千多年的不了情
一种情怎么这么重
家国情怀　糊涂清醒　奸佞忠诚……
汨罗蜿蜒铮铮着风骨
秭归巍峨猎猎着永恒
奋力的呐喊让小人汗颜
投江的悲壮令天地动容

曾用诗歌为生命提神
曾用生命为大地招魂
路漫漫其修远兮
你用筚路蓝缕来见证
虽九死其犹未悔
你用毕生在躬行

坐在江边　我俩吃粽子
你品味酸楚　我咀嚼忠诚
立在船头　我俩读人生
你回望无奈　我研究威猛

雄黄酒 过了三巡

步履蹒跚我们走进秭归城

你说 历史有时清醒有时糊涂

国人有责 社会要清明

我说 曾经糊涂今天清醒

祭奠你啊

我们仍然需要启蒙

气节 气韵 风度 风流……

始于足下 道远任重

(2015年6月)

又看桃花　又见笑脸

——致崔护

唐代崔护作有《题都城南庄》①
诗曰：
去年今日此门中
人面桃花相映红
人面不知何处去
桃花依旧笑春风

当年你城南看桃花
桃花映笑颜
不知你今天怎么样
却记着那张脸
人面似桃花　桃红配天仙
哦
红了终南　香了长安
古都妖娆一千年

后来你城南寻笑脸
只剩桃花　没了笑颜
不知你今天怎么样
却记着那树鲜艳

灿烂依旧 依旧斑斓
哦
美了终南 醉了长安
从唐朝醉到今天

怀念那缕春风
又看桃花 又看 又看
怀念那个柴门
又见笑脸 又见 又见
不知你今天怎么样
怀念那双守望的眼
哦
红了终南 醉了长安

(2014年3月)

---

① 唐代孟棨的《本事诗》中说:"博陵崔护……举进士下第。清明日,独游都城南,得居人庄……叩门久之,有女子自门隙窥之……及来岁清明日,忽思之,情不可抑,径往寻之。门墙如故,而已锁扃之。因题诗于左扉。"这就是《题都城南庄》一诗的由来。该诗至今广为传诵。诗题中的"南庄",在今陕西省西安市长安区桃溪堡村。

师徒的传说

日月潭旁有玄奘寺,山上有慈恩塔,水绕庙堂,塔映湖光,恍恍然,玄奘师徒走来……

潭 羞涩 蒙着面纱
湖里 昨夜该有许多神话
二师兄来了 摇摇摆摆
挽着纱巾 忘了带耙……

潭 温柔 绽开了花
湖边 今晨又开了多少奇葩
大师兄来了 怒目圆睁
"八戒!咱不能作孽啊!"

山 慈祥 翠湖映塔
塔中 师父合十 尽望天涯
"徒弟们 根要净 心要正 气要平
八戒 人间的烟火啊 就算了吧"

(2015年12月)

题友人成都草堂照

竹林幽径探野老
又见漏屋三重茅
当年诗圣书秋雨①
而今吾辈觅春早
节劲庭前层层绿
梅绽窗外点点俏
正是踏青锦绣时
莫忘秋高风怒号

(2014年2月)

---

① 杜甫,自号少陵野老,被后人誉为"诗圣"。

清明　咏春

柳丝窗　泛鹅黄
春酿百花香
姹紫嫣红齐竞秀
挑帘觅群芳

樱花脂　梨花狂
小蜂枝头忙
红男绿女伴春走
莫负好时光

燕雀舞　碧水长
群峰莽苍苍
叩山问祖声声念
切切诉衷肠

(2009年4月)

又是重阳

九九重阳又菊香
与君相约点沧桑
天青云静晴方好
野阔风闲泛秋光
携手登高尽望远
挽风抚绿追夕阳
举杯何须邀明月
落红伴酒醉还乡

(2012 年 10 月)

错了　我错了

原以为人生的雨过后就会天晴
原以为明天的太阳就比今天的红
原以为奉献了就一定收获喜悦
原以为幸福仅仅在成功之中
错了　我错了

原以为海誓山盟就一定相伴终生
原以为信誓旦旦就是忠心耿耿
原以为鲜花蜜糖就是幸福
原以为幸福的日子就是歌舞升平
错了　我错了

原以为希望就是指路的灯
原以为有理想就注定成功
原以为有种子就有果实的丰盛
原以为母亲的笑容会伴我一生
错了　我错了

原以为收获了结果就收获了成功
原以为纯正就是人的启蒙
原以为有了钱和地位就有了一切

原以为有求必应就是友情
错了 我错了

人生啊
对与错的抉择常常在一步之中
对与错的领悟常常需要一生
面对生活的万花筒
在对与错或不对不错中丰满人生
我们需要清醒
　有时不妨懵懵懂懂

(2012年11月)

不是,不是这样的

——致《错了 我错了》

不是所有的花都让人心动
不是所有的红都能引燃激情
不是所有的太阳都带来温暖
不是所有的星星都送你温馨
不是,不是这样的

不是所有的真诚都能得到真诚
不是所有的耕耘都能收获秋风
不是所有的青春都拥有未来
不是所有的未来都叫光明
不是,不是这样的

不是所有的表白都是真诚
不是所有表面的光鲜就是有质量的生命
不是所有的成功都为了浅薄的追捧
不是所有的追求都为世俗的成功
不是,不是这样的

不是所有的两情相悦都地配天成
不是所有的天真都被世故戏弄

不是所有的高贵者都有高贵的灵魂
不是所有的卑贱者都是芸芸众生
不是，不是这样的

不是所有的教诲都需洗耳恭听
不是所有的成长都需耳提面命
不是所有的光都孕育着生命
不是所有的运动都在前行
不是，不是这样的

不是所有的现实都是约定俗成
坦然面对　失败或者成功
从生走到终　积极就可能创造永恒
把握当下　就是把握生命

（2012 年 11 月）

知道了

在台北,购得《知道了》一书,耐人寻味。苏格拉底说:"我最知道的,就是我还有很多很多不知道。"知道愈多,眼前的无知愈多。不是吗?

"知道了"
知道了天下?
知道了人间?
知道了疾苦?
知道了苦难?
知道 还是不知道?

"知道了"
知道了文本?
知道了实践?
知道了喜讯?
知道了欺骗?
知道 还是不知道?

"知道了"
知道了小民?

知道了贪官？
知道了百姓？
知道了江山？
知道 还是不知道？

知道 知道了什么？
知道就可能力挽狂澜
知道 知道了多少？
知道就可能风光无限

祖宗说 一定要知道！
天地说 不要假装知道！
百姓说 期待你知道！
江山说 你必须知道！

（2015 年 12 月）

追求

追求宁静
沏一杯老茶
端一杯老酒
望浩浩乎长空

追求清静
看一轮冷月
携一片星星
沐飘飘乎秋风

追求洁净
抚一潭碧水
揽一池芙蓉
领娇娇乎雍容

追求安静
观沧海流云
看东方飞红
品朝日蒸腾

追求冷静

笑名的拼抢
看利的恶争
睹嘈嘈乎市井

世界非凡
感受人生
勤恒苦续
坚守真诚

(2008年5月)

虚假有时比真实美丽

一

夕照中的流烟
用苍茫搬运着黑暗
月亮躲在后山
在没有光的晚上
糊涂就是我的伙伴
呵呵 不屑于抱怨
人生就是白加黑的结合
清醒有时需要糊涂检点

二

曾经的小船
幼稚无助地惆怅在小河边
如今历经沧海
却记挂着那艘单薄的船
还有旧船票吗
上船不仅仅为了思念

三

为什么总是哭泣
生活哪有那么多悲戚
太阳每天都在升起
为什么总和自己过不去
哪怕明天天塌下来
还有二十四小时属于我自己

四

我把眼泪穿成项链挂在胸前
告诉未来我坚忍 我达观
我把酸楚打造成盾牌
迎接苦难 挑战明天
不求惊天动地
只为默默向前

五

十五的晚上
满天的礼花光怪陆离
月亮走了
虚假有时比真实美丽

(2015年3月)

醉人的风景在哪里

一

常常一味地追求远方
却忽视追寻中经过的风光
当你真正走到人生的远方
却发现醉人的风景在路上

二

满怀爱的渴望
因为年轻却爱错了地方
当爱真的来临的时候
已没了爱的权利
　　因爱已遍体鳞伤
年轻人啊　爱要慎重
爱　就爱得有模有样

三

年轻时常因微不足道的成绩
不知深浅地趾高气扬

当有了人生足够的积累
却为曾经的浅薄而忏悔地思想

四

青春是人生的一笔财富
当你把青春当资本挥霍时
青春就失去了原本的模样
青春是一首流韵的诗
诗应该有属于诗的光芒

五

不要患得患失于一城一池
今天的得有可能是明天的失
人生就是得与失之间的权衡
失去的得到让我珍惜
得到的失去让我清醒

六

昨天我开车上山
登高却陷入雾的迷惘
烟消云散的时候
我恍然发现我已在天上

七

秋红的时候
常常为红叶感伤
秋尽的时候
常常羡慕铅华洗尽的力量

(2015年3月)

不要说无奈

不要说无奈
心中永远要有期待

不要老是徘徊
小世界亦可有大情怀

枯燥的日子
让我们远离倦怠

成熟的日子
能驾驭欢乐与悲哀

有朋的日子
需明白什么是爱

脆弱的时候
要懂得什么是忍耐

吃亏了
可能给他人送去了关爱

委屈了
想着友谊 还有未来

(2012年12月)

且读且悟，亦诗亦史

——薛保勤诗歌的文心与化境

卜　键

初识保勤，是在八九年前的一次酒会上，不知是谁说起老薛擅诗，大家一阵鼓噪，他谦辞不得，便尔起身吟诵。保勤长身玉立，清癯儒雅，谈笑间，不知不觉间将那次酒会变成了诗会。就这样我记下了他，也记住那首《送你一个长安》。西部多侠士，但能想到以"长安"赠人，该是怎样的富足与豪奢？又内蕴着多少文化道统和古今兴慨？

心灵的牵结往往在一瞬间。自那个夜晚，我开始更多地阅读和关注保勤的诗，与他渐成至交。保勤是省里的新闻出版局局长，一个低调平和的文化官员。他还是一个关注人文、忙里偷闲、笔耕不辍的作家，曾发表过大量的文学作品，先后出版过多种文集和诗集。

乙未冬月，接到这部《读悟天下》的新诗稿，细细品味，更觉心灵激撞、意绪纷披，就有了如下感受、感想、感慨、感怀。

长安的寓意

大约与他多年的记者经历有关，保勤游历甚广，足迹所及，常会留有诗篇。所写较多的要数长安，有特写也有带及，最著名的还是那首《送你一个长安》。全诗九叠，今录其二：

  送你一个长安
  蓝田先祖
    半坡炊烟
  骊山烽火
    天高云淡
  沿一路厚重走向久远

  送你一个长安
  恢恢兵马
    啸啸长鞭
  秦扫六合
    汉度关山
  剪一叶风云将曾经还原

  明明今日叫西安，为何偏称长安？全诗墨色层叠，自豪与惆怅、怀古与抚今交互呈现，非长安似不足以言说。该诗曾作为2011年西安世界园艺博览会广为传唱的主题歌，汉风唐韵，皇家陵阙，江山美人，诗圣诗仙……从远古绵延而来，有辉煌也有惨淡。"长安"二字涵括宏富，寓意绵远，保勤兄生长于斯，委婉叙说三千年间人事代兴,如话桑麻。

保勤的另一首长安诗,也臻妙境,妙在摹写大唐王朝的背影,先写鼎盛,一转而为不期而至的战乱:

一步一步地看着你走远
拎着杜甫飘逸忧思的长衫
拨动三吏三别那轮残月的弦
弹十面埋伏 奏花好月圆
辉煌的旋律与音符的苦难
沧桑的主题:
居安宜思危 长安需忧患

(《长安 背影》)

哪一个王朝没有繁华似锦的盛世呢?然盛极而衰,几乎成为古今中外的历史铁律。在这里,诗人"抚摸一个个王朝衰微的背面",慨叹"长安的舞台上/上演的不仅仅是长安",提出要居安思危,残月如弦,发出的是变徵之音。

真羡慕保勤,他饱读典籍,省察精微,又生活在如此渊深丰饶的土地上,随处可见秦砖汉瓦,随处可以追索感悟。诗人的思绪由长安扩展到关中,"守关中 望长空/长安夜 月朦胧/曾记征夫声声叹/犹闻万户捣衣声","别关中 望远征/出阳关 念乡情／丝路风沙驼铃漫／何处离人夜吹笙"（《关中　关中》）；再到因诸葛亮而彪炳史册的五丈原，"五丈原上听风／听鞠躬尽瘁／望沙场点兵／听死而后已／望北斗七星"（《五丈原上听风》）；诗人试图解读那千人一面的兵马俑阵，"一问两千年，落叶满长安"（《问天——兵马俑祭》）；也向千古雄镇潼关发出由衷礼赞，"守沃野　望长安／关是家的门／门是家的关／将军百战抗倭寇／关隘威武起狼烟"（《又回乡关》）。保勤兄情感挚切，文思飘逸，论议间出，兴会淋漓，读来令人回肠荡气。

青春的备忘

曾经的热词如上山下乡、插队落户、老三届、新三届，现在的年轻人常惘然不识其义，却已融入我们的青春华年，成为一段永不磨灭的记忆。保勤的青春的备忘是难能可贵的，他以追怀、希望、生命、故乡为题，徐徐展开知青岁月，情境逼真：

总是忘不了
那盘堆满沙土的炕
笤帚一扫　黄尘飞扬
被褥一放　就是我们的床
总是忘不了

> 那可以看得见天的屋顶
> 夜半 天空那弯游弋的月亮……
> 冷 像蛇一样在被窝里徜徉……
>
> 总是想起
> 寒秋里村口老屋前那抹暖阳
> 哥儿几个挤成一团 靠着墙
> 总是记着
> 零下二十七度的那个早晨
> 打井的工地 滴水成冰
> 朝阳像一团凝固的蛋黄……
>
> （《青春的备忘 希望》）

尽管我们都经历过被称作"十年动乱"的"文革"，每一个人的记忆却是特殊和唯一的；尽管我们在插队或支边中有着不同的境遇，总汇起来也不外饥寒困乏，色泽略似。保勤在诗中写了刻骨铭心的冷，也写了刻骨铭心的饿；写了曾经饱满的理想和真诚，也写了一个个年轻生命的残损和殒亡：

> 一个花季的女青年
> 赶着驮水的骡子下山
> 不料，骡子受惊
> 她被撞到深不见底的山涧

花样的年华，凋零于瞬间
生命残缺，下肢瘫痪……

　她走了
　　带着悲愤、带着耻辱
　　带着对生的绝望
　　带着对心上人的深深眷恋
孤苦中，他们相依为命
　　心相近、情相牵、意无限
同居　大逆不道
示众　羞辱不堪
于是——
　　烈女子饮恨在枯树上
　　将命高悬……

(《青春的备忘　追怀》)

回忆与反思并行，诗人书写大漠边沿的贫瘠村庄，也书写乡亲们的坚忍善良："饥饿线上挣扎的乡亲／送来了村里最奢侈的口粮／尽管是玉米面／尽管是红高粱。"(《青春的备忘　生命》)经历有先后，心路有印痕，认识也随年龄不断深刻。他写了初到农村的热情奔放，写了离开时的急切与恓惶，当一切皆成追忆，则由个人更多地写到当地百姓："这就是百姓原本的模样／他们是大地的脊梁／祖祖辈辈／默默无闻／地老天荒"，"荒凉的生灵／生灵的守望／守望的顽强。"(《青春的备忘　生命》)是啊，皇天后土，地老天荒，如果说知识青年在此生活和付出过，也只是那么短短的几年，只如一阵风吹过，仍留在此间世代繁衍生息的人们，他们又埋怨过什么呢？

日月如梭，许多年过后，当年急切离去的知青都曾重访故地，保勤也写了两鬓飘霜时的重回。在一首《青春的备忘　故乡》里，诗人这样描述自己的回归：

你说：来了，来了！
我说：来了，来了！

你说：老了，老了！
我说：老了，三十五年了，都老了！

你说：变了，变了！
我说：变了，路也找不着了，都变了！

你说：日子好了，好了！
我说：好了，真好了？好了，就好了！

你说：喝了，当年咱没酒，都喝了！
我说：喝了，喝了，都喝了！

你说：醉了，醉了，快醉了！
我说：醉了，醉了，都醉了……

你说：走了，走了。不走了？！
我说：走了，走了。心，不走了……

保勤的诗通常省用标点，此诗则大多加上了感叹号，非此不足以形容那份重逢的惊喜和人生的慨叹。晚明思想家李贽尝提出"化工说"，认为写诗著文应师法天地造化，"天之所生，地之所长，百卉俱在，欲觅其工，了不可得"。这一曲至简至朴的《故乡》，以对话的方式组成，问答之间真情络绎，真可谓化工之作也。

情分七色

言志还是缘情，似乎是我国诗歌史的一个结，争持千百年，实则不缘情又何以言志，而先人所说的"志"，本来就包含着"情"。自古好诗皆重言情，"哀乐之心感而歌咏之声发"，由情及志，互相推长。保勤的诗作，亦以言情擅场，有一组"致友人"，韵节间真诚弥漫，推己及人，推心置腹：

> 世间的事
> 　　　不必件件认真
> 心灵的壁垒
> 　　　往往容易沟通
> 生活的事
> 　　　不必事事洞明
> 朦胧的世界
> 　　　常常会有诗情
>
> 　　　　　　　（《把灵魂打扫干净》）

话语间显现几分沧桑，却句句发自内心。保勤不停地将所思所想、将心里话诉予朋友："眼前有一片海，胸中就有一幅别样的帆"，"情感里多一分真诚／旅途上就多一坛陈酿的酒"（《心中有一片天》）；"我把酸楚打造成盾牌／迎接苦难 挑战明天／不求惊天动地／只为默默向前"（《虚假有时比真实美丽》）。他爱交朋友，珍惜友情，喜欢品茗倾谈的感觉，"夜静／一杯清茶／一盏孤灯／从轻松到严肃／从严肃到轻松"（《那个飘雪的黄昏》）；也喜欢以直言谏友，不假辞色："你的笑包含着怎样的'智慧'／鱼尾纹洋溢着多少不可捉摸的'目的'／你的眼神有多么耐人寻味／笑声里有多少自以为是的得意。"（《狡猾——致友人》）

保勤具有着宽仁包容的品德，也不乏直截剀切的诗句：

老兄啊
一场久违的聚餐
咋就不欢而散
不如当年的粗茶淡饭?

发小的聚会坐得那么近
心怎么那么远?
我依然把你当知己
你却把自己当成了官……

我说家长里短
你在指点江山
我说童年的伙伴
你热衷于谈权

我说儿时的小河小船
你说海滨的风浪风帆
我说我们曾经在沟里捉迷藏
你说美洲大峡谷真好看……

(《失望》)

生活中常有这样的现象,儿时的玩伴,怀着旧日的纯真相聚,而他们中有的"发达"了,热衷于谈权,热衷于"炫"钱,全然丢弃"童心",自然不自然地将一次重逢变成炫耀的舞台。相聚已是话不投机,落得个不欢而散。这样的浮薄、这样的尴尬、这样的深深失望,又有谁没有经历过呢?而一经写出,便觉传神,成为一面映人或自照的镜子。

母亲是诗歌的永恒主题,保勤的诗也常常写到母亲,赞颂慈母情怀。他将母亲比作心中的山,写老院中的家,也写离家时慈母的叮嘱告诫,"那一夜的月很亮很亮／那一夜的月很圆很圆／那一夜的月引领我走到今天"(《记忆的碎片——母亲》);他写失去慈母的痛,"原以为母亲的笑容会伴我一生／错了 我错了"(《错了 我错了》);写了对亡母的思念,"我总想／您是 到了一个／只能想不能见的地方／想你的时候 想着天堂"(《给妈妈的话》)。他也写到人间的母爱。一次草原之行,使他记住夕阳下的贡戈尔草原,记住蒙古包前母亲望子归来的景象,"晚照里有一尊望子的雕像／暮色 凝聚成牵挂的模样"(《暮色中的望》)。母爱无边,在保勤笔下,所有的母爱都是珍贵的。

在他笔下也出现了一个贪官的母亲,一个"白发飘飘、步履蹒跚、长跪不起、老泪如泉"的母亲。诗人以大段篇幅,抒写一位老妪对儿子说的话,那曾是她的骄傲,而今被判处死缓:

> 你让娘放心了一千次
> 你给娘发誓了一万遍
> 怎么？你连娘都敢骗？
> 咱庄稼人就活个脸面
> 你怎么就坏了良心？！
> 你怎么就只要肮脏的钱，不要尊贵的脸！
> 　　　　　　（《一个丑恶的灵魂能够走多远》）

今天之罪犯的亲娘，昨日成功者的娘亲。"一阵抽泣/一阵呜咽/一阵仰天长叹……"老母至此，言情至此，情以！惩治贪腐已成为常态的今天，法庭上痛哭流涕的场面已不罕见，忏悔录、思过书也写得花样翻新，却很少有人去写贪官母亲的感受，很少见这种椎心泣血之痛。情分七色，色色入妙。这是一首发表于九年前的诗，今天读起来仍然有一种难堪的怦然心动，贪官的母亲也是母亲，话语中也满含母爱，然读来皆成诛心之剑。

浩然有正气

保勤感触精微，文字优美，涉笔处韵致婆娑，尤其是一些写景抒怀的短制，寥寥数行，便觉意趣横生。而通读其诗，印象更深刻的，则是始终充满着爱国情怀，充盈着一股浩然正气。他时刻注意修身律己，

兹引《一个人……——致某传媒人》的前两节：

  一个阳光的人
  用真诚
  审视世俗的天空
  敏锐得如一架高倍显微镜

  一个天真的人
  以纯粹
  面对污秽的心灵
  通体洋溢着正义的尊严和干净

阳光，天真，不是很简单吗？不。经历过万丈红尘和官海浮沉，当知道保持这种品格有多么不易。以下各段，保勤分别以"达观""深刻""有爱""有趣""有梦""有情""单纯"，绎解自己的人生理念和做人准则，韵节铿锵，坦诚醇正，他就是这样的人。
  生在新中国，保勤不忘根本："井冈松／云霄中／铁骨傲苍穹／腥风血雨立潮头／金戈铁马炮声隆／大任伴忠诚"（《井冈抒怀》）；"走进延安／我清醒／忘记过去就意味着背叛／谁忘记了曾经／曾经就会让他加倍偿还／守甜理应思苦／饮水更当思源……"（《走进延安》）。他赞颂汶川地震时赴汤蹈火的军人："老百姓的天平上有你们的视死如归／孩子们的记忆中有叔叔擎天的光辉"(《将军 你不要流泪》),赞颂到青海救灾牺牲的西安最美女孩熊宁:"谁说今天只剩下了金钱的冰冷/你用滚烫的心诠释了爱的永恒"(《大爱无垠》),也经常反思和省察,叩问灵魂,如《自问》之七:

> 我自省
> 我是大山的儿子
> 是否还能听懂养育的乡音
> 是否还能理解款款的乡情
> 是否还能看见父老乡亲
> 是否还记着儿时饥饿的哭声
> 我自省
> 理想是否因组织重用而坚定
> 境界是否因官位升迁而提升
> 水平是否因地位变化而提高
> 口碑是否因敬业而被认同……

或也由于长期身在仕途,身处一些重要岗位,保勤不断提醒自己要警惕:"我们常常高擎理想/精神却在蝇头小利的诱惑中/无所顾忌地流浪/我们常常提倡担当/肩膀却在患得患失的权衡中/失去了勇气和承担的力量"(《自问》之二);"不要以为自己身居高位/就高人一等/其实 你不懂/官位不等于情怀责

任和水平 / 与其得意忘形 / 不如多想想百姓 / 因为你也是百姓"(《其实你不懂》)。这些平实的诗句，既以自惕，也是对个别官人的劝喻讽谏。

中央出台转变作风的"八项规定"，老薛由衷赞同，以一首讽刺会风的诗，直指一些浮嚣空洞的讲话："台上的猎人 / 在打枪 / 口若悬河如子弹出膛 / 不厌其烦 / 瞄着下边恣肆汪洋……子弹连发 横扫着前方 / 灵魂却在游走 / 子弹没命中该命中的地方"(《开会》)，而更多的则是反躬自省：

从现在起　真诚
不说假话
不在会场忽悠听众
不自我感觉良好
不自作多情
不误把自己当作精英

(《从现在起》)

大家对保勤的印象，本来就是真诚、阳光和单纯，他在诗中对自己仍提出这些要求。的确，这是一个永远的课题。不说假话，不抱怨指责，不倦怠和猜忌，说说容易，做到极难。工作中常见领导以此教导属下，常见有人以此指斥同事，像保勤兄这样的自我告诫和砥砺，实不多见。

保勤出生在终南山下，老子祠在焉。去年曾与之相约，想抽空往终南山待上些时日，携几卷书，暂避嚣杂，寻觅一份空灵和宁静。他的新诗集题名"读悟天下"，亦与这种向往追寻相契合。"读"字义项甚多，如玩味、查看、讲说、称扬；而"悟"，亦有觉醒、启发、理解、领会诸解。要之在于诵读和感悟，在于学与思。滚滚红尘，匆匆人生，先哲留下的无非读悟之结晶。《香祖笔记》卷八："舍筏登岸，禅家以为悟境，诗家以为化境，诗禅一致，等无差别。"保勤壮游天下，以文心写感悟，亦诗亦史，宛然化境，诸位可不一读乎？

（本文作者系文学博士、研究员，中国图书评论学会副会长，原国家清史研究中心主任、现国家清史编纂委员会常务副主任）

后 记

收入本书的190多首诗,是我多年来发表的600多首诗的选集。

我发表第一首诗,大约是在二十世纪八十年代初的大学时代,那时我痴迷诗歌。大学毕业后,由于工作原因创作"中断",但诗心未"死"。从本世纪初始,蠢蠢欲动,重操旧业,工作之余,关注人文,守望诗歌,边走边写,边写边发,不小心竟然也发表了600多首。这些诗歌有五十多首,分别发表在《人民文学》《诗刊》《民族文学》《人民日报》《光明日报》《新华每日电讯》等国家级大报大刊。其他作品则发表在十多个省市的报刊上。

中国历来就有从政之余从事文学活动,特别是诗歌创作的文化传统。我以为,这中间既有一种当事者的社会责任与文化担当,也有一种文化自觉引发的文学自觉。一方面职业给了创作者广阔的接触生活、认知生活、感受生活、咀嚼生活、反思生活、提炼生活的时空。另一方面被熏染了的诗魂，又反过来观照生活，自觉不自觉地向上、向善、向美地积极反馈生活、创造生活，进而造福生活。这本诗集是我多年来诗歌创作的一种回望，也是在诗歌不景气的社会背景下，一个痴情的歌者给读者交的一份答卷。读者是上帝，希望读者能喜欢。我知道，喜欢是不能强求的。

　　诗是发自人的内心深处的灵魂的吟唱，诗是发自人的内心深处的真情的流露。歌者要读万卷书、走万里路、观万种情、理万种思、提万种神。我以为，诗歌是要读悟天下的，上接天、下接地，中间勿忘"我"和"你"，贴近灵魂、吟咏灵魂、滋润灵魂、美好灵魂。

　　生命可以老，但诗歌不老；人可以老，但诗歌不应老。成功与失败，高尚与卑微，暗淡与光明，得意与沮丧，深刻与浅薄，贪婪与无私，爱与恨，大江东去与小桥流水，山花烂漫与秋草黄黄，引吭高歌与低吟浅唱……对这些生命现象的思考、感悟、提炼、展示，应该是歌者的责任和使命。

　　生命有可能消失，但诗歌洋溢的、激扬生命的精神不能消失，超越生命的状态不能消失，面对苦难的奋争不能消失，守望明天生生不息的姿态不能消失，感受炎凉宠辱不惊的淡定不能消失，面对诱惑威武不屈、贫贱不移、富贵不淫的气节不应消失……有诗的生活会精彩，有诗的生活真好！我有这样的认知并试图追求。我知道取法乎上仅得其中，文学创作没有满分，让读者去打分吧。

感谢93岁的国学大师冯其庸先生，在病榻上为《读悟天下》题写书名。感谢著述任务繁重的贾平凹先生，为拙作作序。感谢人民文学出版社的管士光先生、周绚隆先生，对该书给予的关心、关照和关注。感谢我的"小朋友们"：朱鸿，仵庚、关宁、韩琳、邳惠、冯秋生、哲峰、崔凯所做的辅助工作。

薛保勤

2015年12月18日